하늘과 땅을 움직인 사람들

| 차례 |

하늘과 땅을 움직인 사람들

Part 1.

우성전 편

1542-1593

조선 시대 수원현감, 대사성 등을 역임한 문신. 의병장.

임진왜란이 일어나자 경기도에서 의병을 모집해 군호(軍號)를 '추의군(秋義軍)'이라 하고 소금과 식량을 조달해 난민을 구제하였다. 또한 강화도에 들어가서 김천일(金千鎰)과 합세해 전공을 세우고 강화도를 장악해 남북으로 통하게 하였다. 병선을 이끌어 적의 진격로를 차단했으며 권율(權慄)이 수원 독성산성(禿城山城)에서 행주에 이르자 의병을 이끌고 지원하였다.

그 공으로 봉상시정에서 대사성으로 서용되었다. 그 뒤 계속 활약하였으며 용산의 왜적을 쳐서 양곡을 확보해 관군과 의군의 식량을 마련하였다. 그 뒤 퇴각하는 왜군을 경상우도 의령까지 쫓아갔으나 과로로 병을 얻어 돌아오는 길에 경기도 부평에서 사망하였다.

이조판서에 추증되었다. 저서로 『계갑일록(癸甲日錄)』, 『역설(易說)』, 『이기설(理氣說)』 등이 있다. 시호는 문강(文康)이다.

붓과 활

이현호

어지러운 것은 사람의 마음뿐, 산천은 변함이 없었다. 장막을 흔들며 막사 안으로 끼쳐 들어온 찬바람이 채찍처럼 얼굴을 휘감았다. 송장이 산을 쌓고, 피가 내를 이루는 강산이건만 계절은 아무 일도 없다는 듯 무심했다. 겨울에는 삶도 죽음도 고통스럽다. 산 사람은 추위와 굶주림에 시달렸다. 죽은 사람은 엉성한 뫼 하나 얻기가 힘들었다. 산 자들은 죽은 이의 묏자리를 파지 않았다. 땅은 꽁꽁 얼어붙어 있었고, 파야 할 구덩이는 너무 많았다. 시체는 아무 데나 방치되었다. 억울한 죽음들이 안식을 얻지 못한 채 구천을 떠돌았다. 방금 내 얼굴을 할퀴고 간 냉기는 어쩌면 그들의 한숨일지 몰랐다.

겨울도 겨울이지만, 세간의 따가운 이목이 그 못지않게 나를 괴롭혔다. 지금 수원[1]에 머물고 있는 추의군[2]을 조정에서 곱게 볼 리 없었다. 한 달여 전까지 추의군은 강화도에 있었다. 그곳에서 의병장 김천일과 함께 수병(水兵)으로서 섬을 지켰다. 조정은 우리에게 끊임없이 싸울 것을 종용했다. 쉴 틈을 주지 않았다. 섬에서 나와 해서(海西)[3]의 적을 공격하라는 명령이 두 차례 내려왔다. 왕명은 지엄한 것이나 나는 병을 핑계로 따르지 않았다. 추의군은 연이은 전투에 지쳐 있었다. 숨 돌릴 새도 없이 싸움을 계속하는 것은 섶을 지고 불구덩이에 뛰어드는 꼴이었다.

　그 무렵 수원에서 전투가 벌어졌다는 소식이 들려왔다. 한성에 주둔하고 있던 왜군이 전라도순찰사 권율이 머물고 있던 독성산성[4]을 공격했다. 권율은 잘 싸웠다. 왜군이 산성을 겹겹이 에워쌌지만, 그는 성을 굳게 지키며

1　지금의 화성. 우성전의 본향은 수원부 호매절면 외촌으로 현재의 화성시 매송면 어천리이다.
2　우성전이 일으킨 의병대의 이름. 의(義) 자로 군호(軍號)를 삼았다.
3　우리나라 중서부에 있는 도. 현재 북한의 황해도 지역.
4　1989년 경기도 화성군 오산읍이 오산시로 승격하면서 지금은 오산시 세마동에 속하게 되었다.

섣불리 움직이지 않았다. 그러면서 때를 보아 수시로 적을 타격했다. 밤에는 기습을 하고, 낮에는 복병전을 벌였다. 왜군은 성으로 들어가는 물줄기를 모두 막아버렸다. 권율은 흰 말 한 필을 산성의 가장 높은 곳으로 끌고 갔다. 그는 말에 쌀을 끼얹으며 마치 물로 말로 씻기는 양 시늉했다. 마실 물이 떨어진 조선군이 항복하기만을 기다리고 있던 왜군은 맥이 빠졌다. 그들은 멀리서 쌀과 물을 분간하지 못했고, 성안에 말을 씻길 정도로 물이 풍족하다고 착각했다. 왜군은 곧 포위를 풀고 물러났다.

　권율의 승전보는 조선군 전체에 큰 기쁨이었으나, 나는 유독 애가 탔다. 독성산성에서 향리인 외촌까지 겨우 반나절 거리였다. 고향 땅의 코앞에서 전투가 벌어진 셈이다. 외촌에는 조상이 묻힌 선산이 있었고, 아흔이 넘은 노모(老母)가 있었다. 병사들 중에도 외촌과 그 인근에 집과 가족을 두고 온 이가 많았다. 제 삶의 터전이 왜노(倭奴)[5]에게 짓밟히는 꼴을 누군들 눈 뜨고 보겠는가. 나는 고향 걱정에 잠을 이루지 못했다. 권율의 기지로 독성산성을 지켜내기는 했으나 적이 언제 다시 수원을 넘볼

5　예전에 중국 사람이나 고려 사람이 일본 사람을 낮잡는 뜻으로 이르던 말.

지 알 수 없었다. 강화도에 있으면서 계속 조정의 명령을 못 들은 체할 수도 없는 노릇이었다. 나는 추의군에서 수원이 고향인 자들로 정예 사백여 명을 추렸다. 꼬박 쉬지 않고 걷는다면 수원까지는 하룻길이었다.

내 판단은 틀리지 않았다. 독성산성전투 이후 전세는 급변했다. 조선과 명나라의 연합군이 평양성을 탈환했고, 북쪽의 왜군은 한성으로 후퇴하기 시작했다. 한성에 머물던 적들은 경기도 쪽으로 물러갔다. 왜군은 한성에서 부산으로 이어지는 길을 중심으로 진을 쳤다. 한강 이남의 사평원에서부터 죽산⁶을 거쳐 충주와 음성에 이르기까지 적의 세력이 강대했다. 수원은 그 대단한 적세(敵勢)에 둘러싸였다. 범이 아가리를 벌리고 먹이를 집어삼키려는 형국으로 수원은 포위되었다. 엎친 데 덮친 격으로 권율은 명나라 군대와 합세하여 한성을 탈환하겠다며 이곳을 떠났다. 나는 권율을 따라 북상할지를 잠시 고민했으나 금세 결심을 굳혔다. 추의군은 남아서 수원을 지켜야 했다.

"장군, 서찰이 왔습니다."

---

6 사평원은 지금의 경기도 광주, 죽산은 지금의 경기도 안성.

쩌렁쩌렁한 목소리가 나를 상념에서 깨웠다. 감고 있던 눈을 뜨니 어느새 이곡립이 막사 안에 들어와 있었다. 사과(司果)[7] 벼슬을 달고 있는 그는 거병 때부터 내 곁을 지킨 우직한 사내였다. 단순한 성격에 명민한 구석은 없었지만, 용력만은 남달랐다. 강화도에서는 홀로 적선(敵船)에 뛰어들어 왜놈의 수급 여럿을 베기도 했다. 사실 장군이라는 감투는 내가 아니라 그에게 더 어울렸다. 나는 평생 유신(儒臣)으로서 녹을 받아먹은 몸. 칼과 활을 오래 쥐어서 생기는 굳은살과 붓을 오래 잡아서 생기는 굳은살은 다르다. 늙어 주름이 잡힌 내 손은 붓에 맞춤했다. 비록 잘 먹지 못해 마르긴 했으나 내 앞에 서 있는 사내의 체격은 꼭 무부(武夫)의 그것이었다. 나는 그의 입에서 장군이라는 말이 튀어나올 때마다 새삼 겸연쩍었다.

　보내준 편지를 읽고 큰 위로를 받았네. 나는 병이 낫지를 않으니 걱정일세. 전란 중에 백 가지 책임을 맡은 몸으로서 쉴 틈이 없으니 언제 병이 낫겠는가. 자네가 무탈한 것을 알았고, 나 또한 아직 숨이 붙어 있으니 그것으로 다행할 따름이네. 안부는 이쯤 하고, 이제부터 내

7　정육품의 군직(軍職). 현직에 종사하고 있지 않은 문관, 무관 및 음관(蔭官)이 맡았다.

가 하는 얘기를 유념하여 들어주시게. 공적으로는 도체찰사(都體察使)[8]요, 사적으로는 친구로서 하는 당부일세. 자네도 알겠네만 평양성에서 패퇴한 왜군이 지금 한성에 머물러 있네. 이들이 한강에 부교(浮橋)를 만들어놓고, 제 집처럼 한성과 경기도를 넘나드니 어찌 분통한 일이 아니겠나. 하여 나는 저들의 부교를 끊어 한성의 왜군을 고립시키려고 하네. 그다음 명나라 군대와 한성의 북쪽을 협공하고, 경기의 우리 군사로 하여금 그 뒤를 치게 할 작정일세. 한성은 이 나라의 도성이니 한시바삐 되찾아야 하지 않겠는가. 내가 늘으니 자네가 강화에 있을 때 "추의군은 바다에 있으면서 육지에 나오기를 좋아하지 않는다."라는 말이 조정에 떠돌았다고 하네. 추의군이 해서(海西)의 적을 공격하지 않은 것을 두고 성상(聖上)께서도 크게 화를 내었네. 부디 이번에 공을 세워 공연한 소문을 잠재우고, 상上의 노여움을 풀기 바라네.

 류성룡[9]의 편지였다. 우리는 전쟁 중에도 서로의 안부를 묻는 서신을 주고받았다. 류성룡과 나는 일찍이 퇴계[10] 선

---

8 조선 시대에 의정부에서 맡은 전시(戰時)의 최고 군직.

9 서애 류성룡(1542~1607). 임진왜란 때 왜군을 물리치는 데 큰 역할을 한 재상.

10 퇴계 이황(1501~1570). 천 원권 지폐에 새겨진 인물로 조선 성리학의 기초를 닦았다.

생 밑에서 동문수학했다. 나는 어려서부터 사람과의 사귐을 잘하지 못했다. 속된 구석이 보이는 사람은 가까이 하지 않았다. 자신을 굽혀 세상과 영합할 줄 아는 싹싹한 성미도 못 되었다. 많은 이들이 나의 딱딱한 성품을 어려워했다. 나를 괴팍하다 여기는 사람도 있었고, 혹자는 나를 일러 너무 눈이 높다고도 했다. 류성룡은 입때껏 그런 나를 받아준 친구이자 정치적 동지였다. 우리는 조정이 동인(東人)과 서인(西人)으로, 동인이 다시 북인(北人)과 남인(南人)으로 갈라져 싸울 때 남인으로서 뜻을 같이했다.

대숲 밖의 온 성에는 한 점 티끌도 끊어졌는데	竹外絶點埃一城
붉은 살구꽃들 멋대로 서로 자랑하니 가련하다	紅杏謾相誇可憐
겨울에 피는 매화는 밤중에 비바람 일어	寒梅風雨中宵起
매화는 다 지고 살구꽃만 남았네	落盡梅花惟杏花

　왜적이 침노한 임진년 이후를 생각하면 오히려 당쟁으로 얼룩진 그때는 태평성대였는가. 나는 당쟁의 한가운데 있던 시기에 지었던 절구(絶句) 한 수를 떠올렸다. 오늘에 이르러 생각하니 살구꽃이나 매화나 가련하기는

마찬가지였다. 적의 칼날과 굶주림은 남녀노소도, 대인과 소인배도, 선비와 양인도 가리지 않았다. 적에게 무참히 살육되거나 굶어 죽은 자들이 셀 수 없었다. 백성들은 길바닥에 고인 물속의 붕어와 같이 하루하루 죽음을 기다릴 뿐이었다. 류성룡의 말대로 이 아수라장을 끝내기 위해서는 한성을 수복하는 일이 시급했다. 도성을 되찾으면 왜군의 기세는 한풀 꺾이고, 민심도 얼마간 안정을 회복할 것이다. 나에 대한 세인의 오해도 다소간 풀리리라. 나는 마땅히 류성룡의 말을 따라야 했으나, 한 가지가 가시처럼 마음에 걸렸다. 평양성을 빼앗기고 한강 이남으로 물러난 왜군들은 분풀이라도 하듯 가는 곳마다 분탕질을 일삼고 있었다. 이런 때에 수원을 떠나는 것이 나는 영 마음이 놓이질 않았다.

"우리 보고 삼강(三江)[11]에 나가 싸우라고 하네."

내가 편지를 읽는 동안 묵묵히 앞을 지키던 이곡립에게 나는 툭 말을 던졌다. 무슨 해답을 바란 것은 아니고, 나도 모르게 입 밖으로 튀어나온 말이었다.

11　지금의 한강을 조선 시대에는 셋으로 나눠서 불렀다. 삼강은 그 세 부분을 통틀어 이르던 말로서 한남동 일대의 한강, 용산과 원효 일대의 용산강, 마포와 서강 일대의 서강(西江)을 일컫는다.

"그렇다면 싸우면 되지요."

"이곳을 비우는 일이 마음에 걸리네."

"예서 삼강까지는 한나절 거리입니다. 혹여 우리가 떠난 사이에 왜놈들이 쳐들어오더라도 발길을 돌리면 금세 구원하러 올 수 있지요. 언제 올지 모르는 적을 여기서 마냥 기다리고 있을 수만도 없지 않습니까. 결국은 어디서든 왜놈들을 다 때려잡아야 이 지긋지긋한 전쟁이 끝날 겝니다."

불현듯 모든 것이 명확해진 기분이었다. 나는 이제껏 이곡립을 아둔한 무부로만 생각했구나. 마음 깊은 곳에서 부끄러움이 일었다. 그것은 함부로 사람을 판단했다는 데서 오는 자괴감이었다. 나는 일생을 세인의 편견에 시달렸다. 그런 내가 그들과 다름없이 사람을 평가하고 있다니. '자기를 버리고 남을 따를 줄 모르는 것이 학자의 큰 병폐이다. 천하의 의리란 한량이 없는데, 어떻게 자기는 옳고 남은 그르다고만 할 수 있겠는가.' 퇴계 선생께서 하셨던 말씀이 뇌리를 스쳤다. 나는 또다시 부끄러움에 몸서리쳤다. 이곡립의 말이 옳았다. 고향만 지킬 생각을 해서는 안 됐다. 이 조선 땅 전체에서 왜군을 몰아

15

내는 일이 바로 향리를 위하는 길이었다.

"자네 말을 들으니 머릿속이 불을 켠 듯이 밝아지네그려. 곧바로 출전 준비를 하도록 하세나."

이곡립은 내 말에 씩씩하게 대답을 하고는 나는 듯이 막사 밖으로 뛰쳐나갔다. 바깥이 금세 시끄러워졌다. 병졸들의 발소리와 병장기가 달그락대는 소음이 꼭 잔칫집에 온 듯 흥겹게 들렸다. 우리들 중 누구누구는 내일이면 다시는 이곳에 돌아올 수 없을지 몰랐다. 죽음을 준비하는 소리가 이토록 흥겹다니 괴상한 일이었다. 어쩌면 이 들뜸은 목숨을 건 싸움을 앞둔 전사들이 내뿜는 긴장과 흥분에서 비롯하는 것일까. 죽으러 간다는 불안과 공포를 맞닥뜨린 생生이 마지막일지 모를 활력을 토하는 것인가. 나는 심호흡을 여러 번 내쉬며 마음을 가다듬었다. 출전 준비는 아무리 해도 결코 익숙해지지 않았다.

"장군, 여기서 군사를 물리면 공연한 걸음으로 병사들의 힘만 뺀 꼴입니다. 군대의 사기에도 좋지 않습니다. 내친걸음이니 끝까지 가는 것이 옳습니다. 또한 비가 어찌 우리 추의군의 머리 위에만 쏟아졌겠습니까. 비 때문에 곤혹스럽기는 적들도 다르지 않을 겝니다."

이곡립이 어느새 곁에 바짝 다가와 큰 소리로 말했다. 나는 아직 한 마디도 하지 않았는데, 그는 벌써 내 고민을 눈치 챈 모양이었다. 갈 길의 절반쯤 왔을 때부터 조금씩 내리던 비가 창졸간에 장대비로 변해 있었다. 나는 이렇게 갑자기 퍼붓는 겨울비를 본 적이 없었다. 병졸들의 방한복이라야 모두 누비옷이나 솜옷이었다. 그들의 옷은 금세 물기를 잔뜩 머금었다. 병사들은 무거워진 몸을 끌고 가며, 추위에 떨었다. 이대로 싸울 수 있을까. 당장이라도 군대를 물려야 하지 않는가.

"장군, 제 말을 들으셨습니까? 회군을 해도 비를 맞기는 매일반입니다. 이왕 맞을 비라면 되돌아가며 맞기보다는 나아가면서 맞는 것이 낫지 않겠습니까. 하물며 이제 서강(西江)이 멀지 않습니다."

내 판단에 추의군 사백여 명의 운명이 달려 있었다. 이곡립의 말도 일리는 있지만, 여기까지 온 것이 아깝다고 무턱대고 전투를 치를 수는 없었다. 나는 찬찬히 정신을 가다듬었다. 이곡립의 말대로 예서 서강까지는 멀지 않다. 비는 적들의 머리 위로도 퍼붓고 있을 것이다. 이 빗

17

속이라면 적들의 조총은 무용지물이다. 비에 젖고 습기를 머금은 화약에는 불이 붙지 않는다. 또한 한강변에서의 싸움은 우리에게 유리할 테다. 물먹은 모래밭에서는 발걸음이 자유롭지 않다. 백병전에 능한 저들의 장기가 제대로 힘을 쓰지 못하리라. 먼저 활로써 저들의 기세를 꺾고, 난전(亂戰)을 벌인다면 승산이 있다.

"자네 말대로 합세. 발이 날랜 자로 하여금 먼저 가서 적의 동태를 살펴보고 오도록 하게."

정찰병을 보내고 얼마 지나지 않아 비가 추적추적 잦아들었다. 질척거리는 진흙길이 발목을 잡았지만, 우리는 다시 비가 쏟아지기 전에 걸음을 재촉했다. 얼마 안 가시야에 서강이 들어왔다. 나는 이곡립에게 명해 병마(兵馬)를 수풀에 숨기고, 정찰병이 올 때까지 그들을 쉬도록 했다. 나는 병졸들과 좀 떨어진 곳을 찾아 주저앉았다. 말을 타고 오기는 했지만 늙은 몸은 쉬이 피로해졌다. 류성룡과 마찬가지로 내게도 지병이 있었다. 갑자기 오한이 들며 몸이 파르르 떨렸다. 이 떨림이 병증에서 오는 것인지 곧 있을 전투에 대한 두려움에서 오는 것인지 알수 없었다. 내가 이렇게 허약한 꼴을 보인다면 싸움은 해

보나 마나였다. 나는 마음을 진정시키기 위해 예전에 지었던 「화분 안의 매화에게(贈盆梅)」라는 시를 읊조렸다.

모진 바람 매서운 눈발 뒤에도 살아남아	護得風着雪虐餘
얼굴빛 처음 뿌리 날 때와 변함이 없네	容顔不改着根初
밝은 창가에서 조용히 대하면 맑기가 물 같으니	明窓靜對淸如水
못난이가 어찌 쓸쓸히 홀로 지냄을 한탄하리오	鈍滯何須恨索居

역시 나는 천생 문인(文人)인 것인가. 시를 읊고 나자 거짓말처럼 몸의 떨림이 그쳤다. 파도에 휩쓸린 배처럼 뒤흔들리던 마음도 가라앉았다. 매화는 온갖 꽃과 나무들이 아직 겨울 추위에 움츠러들어 있을 때 홀로 가장 먼저 피어나는 꽃이다. 어떤 고난과 불의에도 굴하지 않는 지조와 절개의 정신이다. 그래, 매화처럼 살 일이다. 매화는 겨울이 채 가시지 않은 초봄에 꽃을 피워 봄이 옴을 알린다. 매화가 피면 곧이어 봄은 온다. 퇴계 선생께서는 내게 이렇게 일렀었다. "무릇 사람은 일을 피할 생각을 가져서는 안 된다." 조선은 지금 겨울이다. 이 겨울이야말로 내가 사람으로서 선비로서 피해서는 안 되는 것이

다. 그래, 매화처럼 살아야 한다. 나는 곧 살점이 튀고, 피가 쏟아지는 전장 한가운데 있을 테다. 하늘이 원한다면 그곳에서 목숨을 내어놓으면 그뿐이다. 나는 죽음으로써 조선의 봄을 불러오는 매화가 되리라.

이런 생각에 빠져 있을 때 이곡립이 정찰병을 데리고 나타났다. 정찰병은 지푸라기처럼 비쩍 마른 몸이었다. 볼이 움푹 들어가서 광대뼈가 불거져 보였다. 다만 눈빛만이 아직 생기를 잃지 않고 있었다. 그것은 마치 조선의 얼굴 같았다. 나는 무엇엔가 홀린 듯 한참 동안 그를 빤히 쳐다봤다. 흠흠! 나는 이윽고 이곡립의 군기침 소리에 정신을 차렸다. 정찰병의 보고에 따르면 왜군은 서강에 배들을 한 줄로 길게 잇대어 매고, 그 위에 널판을 건너질러 깐 다리를 만들었다. 그런데 여태 내리는 비로 인해 갑자기 불어난 강물에 그 배다리가 위태롭다고 했다. 나는 무릎을 탁 쳤다. 이 비는 하늘이 우리를 괴롭게 하려던 것이 아니고, 우리를 도우려던 것이었구나. 나는 정찰병을 치하하고, 이곡립에게 서둘러 병사들을 추스르라고 명령했다. 이 천재일우의 기회를 놓칠 수 없었다.

수풀 끝에 다다라 직접 살펴보니 적의 사정은 정찰병이

전한 것보다 좋지 않았다. 그들은 강물에 쓸려가는 배다리를 붙들고 고치느라 경황이 없었다. 나는 궁수들에게 내가 화살을 날리는 것을 신호로 일제히 사격하라고 명령했다. 적은 화살이 닿을 듯 말 듯한 거리에 있었다. 나는 있는 힘껏 활시위를 당겼다. 평생 붓을 만지던 손으로 이토록 활을 잡게 될 줄 누가 알았으랴. 심신을 단련하기 위해 그동안 활쏘기를 게을리하지 않은 것이 천만다행이었다. 나는 적병 하나를 표적으로 삼아 활시위를 놓았다. 화살은 멀리 포물선을 그리며 날아갔다. 공중을 가르는 저 화살이 지금 나의 붓이다. 저기에 내 혼이 담겨 있었다.

화살은 적병의 등에 적중했다. 뒤이어 병사들이 쏜 화살이 사정없이 적에게 내리꽂혔다. 적들은 무슨 일이 벌어지고 있는지 눈치 채지 못한 듯했다. 한 번 더 화살비를 맞고서야 그들은 사태를 파악했다. 왜군은 우왕좌왕했다. 이곡립이 그때를 놓치지 않고 함성을 내지르며 앞장섰다. 이제껏 나와 생사고락을 함께한 사백의 추의군 정병(精兵)이 그 뒤를 따랐다. 추의군은 흡사 성난 파도 같이 달려 나간 기세 그대로 왜군을 덮쳤다. 왜적들은 변

21

변한 저항을 못한 채 추풍낙엽처럼 쓰러져갔다.

목숨을 건 전투에 싱거운 싸움이 어디 있으랴마는 적들은 생각보다 손쉽게 무너졌다. 갑작스런 기습에 놀란 그들은 흩어지기 바빴다. 헤엄을 쳐서 도망치려다가 거센 강물에 휩쓸린 자들도 여럿이었다. 이곡립은 도주하는 적들을 쫓아 기어이 그들의 등에 칼을 박았다. 곧 강변에 적병의 시체가 수북이 쌓였다. 완벽한 승리였다. 나는 손에 꼭 쥐고 있던 활을 하늘 높이 치켜들었다. 세상을 집어삼킬 듯하던 강물 소리가 승리를 자축하는 병졸들의 함성에 묻혀 들리지 않았다. 그것은 승리의 외침이자 살아남은 자들이 내지르는 안도의 한숨이었다. 또 한 번 우리는 살아남았다. 그보다 값진 승리의 대가는 없었다.

우리는 부교를 끊고, 채 강물에 쓸려가지 않은 적선을 여러 척 손에 넣었다. 추의군 사백이 타기에 넉넉한 숫자였다. 비록 승리하기는 했으나 전장에 오래 남아 있는 것은 위험했다. 아직 한성과 경기의 대부분이 적의 수중에 있었다. 나는 혹시 있을지 모를 추격을 피하기 위해 배를 이용하기로 했다. 적과 싸우고 전리품을 취하는 사이 강물이 조금 잦아들어 있었다. 우리는 탈취한 배에 올라 동쪽으로 향했다. 한강 즈음에 이르렀을 때 멀리서 다가오는 군선들이 보였다. 배의 생김과 깃발을 보니 틀림없는 조선 수군이었다. 나는 군졸들이 함성을 내지를 때도 참고 있었던 한숨을 그제야 터뜨렸다.

"배들의 움직임이 이상합니다."

이곡립이 손가락으로 저 앞에서 다가오던 조선 수군의 배를 가리켰다. 과연 그의 말대로 배들이 몸을 틀어 방향을 돌리고 있었다. 강화도에서 수군을 이끌었던 나는 그것이 어떤 의미인지 바로 알아차렸다. 곧 그들의 배가 포문을 드러냈다. 우리를 왜적으로 여기는 것이 분명했다. 나는 아차 싶었다. 우리는 지금 왜군의 배에 타고 있지 않은가. 나는 두 팔을 들어 크게 흔들며, 다급히 외마디 비명을 질렀다.

"우리는 추의군이다!"

처음엔 어리둥절하던 병사들도 곧 사태가 심상치 않음을 깨닫고 나를 따라 했다.

"우리는 바로 추의군이다!"

우리에게 포를 겨누었던 것은 충청수사 정걸[12]의 함대였다. 백전노장인 그는 다행히 이상한 낌새를 곧 알아챘다. 우리는 정걸의 수군과 합류했다. 그는 자신 역시 류성룡의 명을 받고, 부교를 끊기 위해 강을 거슬러 올라가는 길이었다고 했다. 나는 우리가 빼앗은 적선을 그에게 넘겨주며, 한강 북쪽에 내려주기를 청했다. 옆에서 나와 정걸의 대화를 가만히 듣고 있던 이곡립이 물었다.

  "장군, 수원으로 돌아가지 않으십니까? 어찌 정반대 방향에 내리려 하십니까?"

  "숭례문 쪽으로 갈 참이니 그리 알게. 왜군을 다 때려잡아야 이 지긋지긋한 전쟁이 끝나지 않겠는가. 우선은 도성에 도사리고 있는 왜놈들부터일세."

  그러고 나는 웃었다. 내 나이 쉰하나. 퇴계 선생에게 배우고, 스물일곱에 출사(出仕)한 이래 참 많은 우여곡절이 있었다. 향리인 수원의 현감을 맡기도 했고, 전에 없던 당쟁의 소용돌이 속에서 이런저런 부침을 겪었다. 동인이 북인과 남인으로 나뉘고, 나는 그전까지 뜻을 함께했던 북인의 탄핵을 받았다. 그들에 의해 삭탈관직(削奪

  12　정걸(1514~1597). 임진왜란 때 78살의 노장으로서 이순신을 도왔다.

官職)된 것이 불과 이태 전이었다. 나는 고향으로 돌아가 노모를 봉양하며 은거했다. 그렇게 남은 삶을 보낼 다짐이었다. 몇 달 뒤 왜노들이 감히 조선 땅을 침탈하지 않았더라면 여태 그랬으리라. 어머님은 의병을 모으겠다고 집을 나서는 초로(初老)의 자식을 말없이 배웅했다. 그로부터 일 년 남짓. 나는 내가 의병장으로서 삶의 끝자락을 보내게 될 줄은 정녕 꿈에도 몰랐다.

"추의장(秋義將)[13]께서는 무슨 좋은 일이라도 있으십니까? 아니면 승전이 그토록 기쁘십니까?"

다시 나는 크게 웃었다. 스스로도 이유를 알 수 없는 웃음이었다. 어느새 어스름한 노을 속에 멀찍이 숭례문이 보였다. 우리는 한성이 내려다보이는 산중턱에 진지(陣地)를 구축했다. 목하 도성은 말 그대로 왜놈들 천지. 그러나 주상(主上)과 문무백관이 모여 정사를 돌보던 궁궐을 불태운 것은 우리 백성이었다. 임금이 도성을 버리고 도망가자 분노한 백성들은 궐에 불을 질렀다. 왜노가 쳐들어왔을 때 도성을 지키다가 죽은 관리는 아무도 없었다. 생각이 거기에 미치자 불쑥 분노가 치솟았다. 분심

---

13   여러 전장에서 전공을 세운 우성전에게 하사된 직첩. 의병장으로서는 최고 지위의 지휘관이다.

(憤心)은 왕도를 버린 임금에게서 제 살 궁리에만 바쁜 관리들에게로 향했다가 이내 왜놈들에게 기울었다.

막 전투를 치른 몸이 무척 고되었으나 정신만은 도무지 또렷했다. 나는 끓어오르는 속을 달래려고 막사 밖으로 나갔다. 저 멀리 숭례문이 적의 횃불과 화톳불에 어슴푸레 비쳐 보였다. 흐릿한 숭례문은 마치 비석 같았다. 그것은 간악한 도적들에게 짓밟힌 조선의 묘비였다. 묘비에는 적에게 도륙 당한 조선 사람의 이름이 끝없이 새겨져 있을 것이었다. 거기에는 고향 땅 수원 사람의 이름도 있다. 전장에서 가족의 얼굴을 마지막으로 기억하며 쓸쓸히 죽어갔을 군졸들의 이름이 있다. 적의 칼부림에 귀와 코가 베이고, 아무 지은 죄 없이 죽어간 백성들의 이름이 있다. 아마도 가까운 때에 저 비석의 한 귀퉁이에 '우성전', 내 이름 석 자도 새겨지리라.

구름 깊은 궁벽한 산골에 해는 기우는데	地僻雲深山日傾
베갯머리에는 닭 울음소리만이 들려오네	枕邊唯聽一鷄鳴
누워서 쟁기 메고 오는 이웃을 바라보노니	臥看來柜四隣出
뻐꾸기는 무슨 맘으로 밭 갈라 권하며 애를 태우는가	布穀何心苦勸耕

나는 예전에 윤돈[14]의 시에 차운(次韻)하여 지은 절구를 떠올렸다. 나는 주상을 위해 싸우는 것이 아니다. 임금은 조선의 일부일 뿐, 그 자신의 말처럼 조선의 전부는 아니었다. 내가 지키려는 것은 구름 깊은 궁벽한 산골과 베갯머리의 닭 울음소리와 쟁기를 메고 오는 이웃이다. 그저 평범했던 일상이다. 나는 고개를 들었다. 밤하늘의 별이 여느 때와 다름없이 빛나고 있었다. 내 머리 위로 매일 저 별들이 떠오르듯이, 이 겨울이 가면 으레 봄은 올 터였다. 나는 한기가 스민 팔뚝을 손바닥으로 비비며 막사로 걸음을 돌렸다. 허름한 갑주(甲冑)와 활이 횃불에 은은히 빛나고 있었다. 나는 어쩐지 그것들이 낯설지 않았다.

나는 곧장 자리에 앉아 먹을 갈았다. 그리고 썼다. "전쟁이 잔혹하고 사무가 뒤얽혀 비록 말고삐를 잡고 활을 동개[15]에 넣고 다녔으나, 평소 긴요하게 공부했던 것을 나라를 보존하고 백성을 구제하는 데 썼다."[16] 이것은 내 묘비에 적힐 한 줄 문장이었다. 나는 붓을 들지 않은 손을 물끄러미 바라봤다. 내일은 여기에 활이 들려 있을 것이었다.

---

14 윤돈(1551~1612). 요직을 두루 역임한 문신. 임진왜란이 일어나자 왕을 호종했다.
15 활과 화살을 꽂아 넣어 등에 지도록 만든 물건.
16 후에 실학자 성호 이익(1681~1763)이 우성전을 평하여 한 말.

Part 2.

우하영 편

1741-1812

조선 후기의 학자.

1755년(영조 31)부터 과거 공부를 시작하여 여러 번 응시했으나 회시(會試)에서만 12번 낙방하는 등 성공하지 못하였다. 이후 당시 만연했던 과거 부정이나 관직 구걸 운동을 마다하고 시골의 유생으로 평생을 보낸 조선 후기의 대표적인 농촌 지식인이었다.

우하영은 전국의 산천을 유람하고 사회 실정을 체험하였으며, 옛 문헌과 당대 제가들의 논설을 널리 읽고 수집하여 국가·사회의 경영 및 개혁 방안을 종합한 『천일록(千一錄)』을 저술하였다. 이 책은 우리나라의 역사·지리·전제(田制)·군제·국방·관제·농업 기술 문제 등에 관한 그의 독창적인 사상과 정책을 기술한 것이다.

우하영은 상업적 농업과 시장 경제에 의한 정당한 이윤 추구를 인정했고, 공명첩(空名帖)에 의한 부농의 신분 상승을 긍정하였다. 그러나 농민층의 분화에 의한 전통적 공동체의 해체를 우려했고, 상민들의 양반 멸시를 용납하지 않았다.

천 가지 중 한 가지의 쓸모

김명은

"불이야! 하영이네 집에 불이 났어요. 누구 없어요! 김씨, 빨리 빨리 물 좀 가져와요."

"아이고 이를 어쩐다냐."

사람들이 몰려왔다. 하영이의 집 아래 우물에서 물을 길어 왔다. 불은 어렵게 껐지만, 할아버지가 아끼던 책들이 다 타버렸다. 하영과 부모는 망연자실 반쯤 타버린 지붕만 쳐다볼 수밖에 없었다. 얼마 되지 않는 살림살이가 잿더미가 되어버렸다.

"거적도 없을 것 같아서 가져왔어. 낡은 이불이라도 덮고 자."

"저녁도 못 먹었을 것인데, 감자라도 좀 먹어봐요."

하영이 어머니는 혼이 빠진 모습으로 앉아 있었다. 이웃들이 혀를 차고 내려갔다. 마을에서 제법 잘사는 집을 다녀온 아버지는 한숨을 내쉬었다.

"인심이 이리 각박해서야 어찌 살겠는가. 잘사는 집들이 더 인색하니 말일세."

끼니가 없어도 남에게 구걸하지 않았던 아버지였다. 곡식을 빌리러 갔던 아버지가 빈손으로 돌아왔다. 내심 기대를 하고 있었던 어머니 표정이 일그러졌다. 나무 비녀를 꽂은 어머니는 피지도 못하고 지고 있는 꽃봉오리 같았다.

그날 밤, 우영은 잠결에 부모님이 나눈 대화를 듣게 되었다.

"큰집 정태 형님이 아들이 없어서 하영이를 큰집으로 양자로 들였으면 좋겠다고 연락이 왔네."

"우리 집에도 하나밖에 없는 아들이잖아요."

어머니의 낮은 흐느낌이 들렸다. 눈을 감고 있는 하영의 마음에 어머니 눈물이 흘러들었다.

"이 사람아 눈물 그치게 하영이 깨겠네. 큰집으로 양자를 가야 글공부를 할 수 있을 것 아닌가. 우리야 마음 아

31

프지만, 하영이를 생각해서 그렇게 따르기로 했네. 자식이 어디로 가겠는가."

"얼마 전, 하영이가 그렇게 따르던 아버님이 돌아가시고, 이제는 서책까지 다 타버려서 하영이 마음이 얼마나 아플까요."

부모님 말소리는 이어졌다가 끊어지고 끊어졌다가 다시 이어졌다. 하영 또한 마음이 답답해서 눈은 감고 있어도 쉬 잠들 수 없었다.

하영이 일곱 살 때부터 할아버지는 사서삼경(四書三經)을 가르쳤다. 『경서』를 비롯 『사기』, 『한서』로 시작하는 사략도 하영에게 가르치기 시작했다. 하영은 금세 『한서』 열두 줄을 어렵지 않게 읽어 내려갔다.

이런 일도 있었다. 글공부를 시작한 지 일주일이 되었을 때였다. 태풍이 몹시 부는 날이었다. 이웃 사람이 지붕에 올라가 띠를 덮으며 태풍과 싸우고 있었다. 다른 이웃 사람을 불러도 듣는 이가 없었다. 할아버지는 들썩이는 지붕을 바라보며 말했다.

"하영아, 저것을 보고 시를 한번 지어보아라."

"바람이 몹시 부네요. 할아버지, 한번 지어보겠습니다."

사람의 목소리 비록 크지만 人聲雖大

바람 소리처럼 멀리 이르지는 못하는구나. 不如風聲遠

"거 신통하네 신통해, 이 아이는 앞길이 필시 훤하고 넓을 것이야."

어르신들이 칭찬을 아끼지 않았다.

하영은 영특하여 할아버지의 사랑을 듬뿍 받고 자랐다. 할아버지는 하영이 손을 잡고 속곡리 깊은 골짜기를 자주 들어갔다. 그곳에는 선산이 있었다.

"할아버지, 이 묘는 누구의 묘예요?"

"너의 7대조 추연 우성전이라는 분이시다. 이분은 퇴계 이황의 손꼽히는 제자로서 이름이 높았다. 임진왜란 때에는 경기도에서 의병을 모아 왜적을 물리쳤고, 정치적으로는 남인의 실질적인 영수였단다."

"할아버지, 굉장한 조상님이시네요. 그런데 남인이 무엇인가요?"

"우성전 선대의 집이 당시 남산 밑 초정에 있다는 데서 연유했지, 그 당파를 남인으로 호칭하게 되었다고 한다."

"그럼 할아버지도 남인인가요?"

"음, 그렇다고 해야겠지. 우리 집안은 대대로 학문을 숭상하고, 관도에 나가 높은 지위를 차지했다. 이름 있는 가문이었는데……."

할아버지 말끝이 흐려지자 하영은 할아버지 손을 꽉 잡았다.

"선대들은 벼슬하여 그 녹봉으로 생활할 수 있었는데, 벼슬길이 끊긴 지 한참 됐구나. 하영아, 너는 꼭 벼슬을 해서 우리 집안의 부끄러움을 씻어야 한다."

"알겠습니다. 할아버지, 글공부에 전념하겠습니다."

그날부터 하영의 글 읽는 시간이 더 길어졌다. 할아버지는 물심양면으로 하영을 도와준 든든한 후원자였다.

칠보산에 오르면 커다란 바위들이 하영의 등을 받아주었다. 심란한 마음으로 너럭바위에 누워 하늘을 우러러봤다. 그 하늘이 어두워져 산자락에 있는 어천리 저수지에 빠져들 때까지, 하영은 사색에 잠겨 있곤 했다.

가난한 부모는 하영을 서당에 보낼 수 없었다. 글공부

를 하고 싶었지만, 집안 형편을 잘 알기에 하영은 떼조차 쓸 수 없었다. 부모를 따라다니며 농사일을 도왔다.

진달래가 지고 난 숲에는 철쭉이 피어 있었다. 땔감을 하러 나온 여자아이는 하영이만 보이면 소나무 뒤에 숨었다. 어느 날 하영이가 먼저 그 아이에게 다가갔다.

"네 이름이 뭐니?"

"저는 연이라고 해요."

이름을 말하고 연이는 귀여운 다람쥐처럼 달아나 버렸다. 연이는 마을 골목에서 하영이와 마주치면 얼굴이 빨개졌다. 하영은 연이가 어디 사는지 궁금하기도 했다. 날마다 땔감을 하러 다니는 하영을 연이는 오빠라고 불렀다. 함께 땔감을 해오고 산나물을 채취했다. 연이가 손끝으로 가르쳐주는 대로 소나무 아래에서 버섯을 땄다. 마을 아이들도 땔감을 하러 다녔다. 형제들이 많아서 형 동생들이 떼로 몰려다녔다. 땔감의 양도 하영보다 몇 배 더 많았다.

"모두들 의지하는 바가 있는데, 나만 의지할 곳이 없구나."

부러운 눈으로 아우를 챙기는 마을 형의 움직임을 지켜

보았다. 소나무 숲은 아이들 놀이터였다. 형제가 없는 하영이에게 나무들은 형이고 아우고 친구였다.

하영은 아이답지 않게 큰 이상을 품었다. 할아버지의 가르침을 따라 열심히 책을 읽고 공부한 덕분이었다.

'옛날부터 군자들이 천하 사업을 경영하였으니, 나 또한 천하 사업에 뜻을 두리라.'

마음이 급류를 탄 하영은 가출을 결심했다. 돈을 벌어 책을 사고 글공부를 계속해야겠다고 생각했다. 장터에서 심부름만 해도 농사짓는 것보다 빠르게 돈을 모을 것 같았다.

'사람이 살아야 백 년을 살 뿐이니, 사람은 나그네다. 이름과 행적을 후세에 남겨야겠다.'

하영이의 바랑 속에서 허름한 옷 한 벌과 짚신 한 켤레가 흔들렸다. 짙은 솔향이 하영의 코끝에서 맴돌았다. 하영이 손을 뻗어 솔잎을 쓰다듬었다. 손끝이 따가웠다. 하영이의 집은 마을 중턱에 있었다. 허름한 집 한 채가 점이 되어 사라지고 있었다.

하영은 포구 쪽으로 가면 일거리가 있을 것 같았다. 사

람들이 보일 때마다 포구로 가는 길을 물었다. 해가 뉘엿
뉘엿 넘어가는 시간까지 걷고 또 걸었다. 멀리 바다가 보
였고 뱃길이 보였다. 빈정포였다. 빈정포는 안산과 화성
의 경계선에 있었다. 밤이 되자 갯바람이 싸늘해졌다. 하
영은 묵을 곳을 찾지 못했다. 뱃사람들이 부려 놓은 짐
사이로 작은 몸을 구겨 넣었다.

다음 날 하영은 일거리를 찾아다녔다. 낯선 하영이를
본 마을 아이들은 하영이에게 돌을 던졌다. 날아온 돌이
하영의 등에 맞았다. 어른들이 꼬마 아이들을 나무라며
쫓아버렸다. 갯사람들은 하영을 위아래로 훑어보았다.
"아저씨, 여기서 제가 일할 곳이 없을까요?"
"안 되겠구먼, 힘이 있어야 짐꾼이라도 하지."
"얘야, 이리 와서 밥이라도 먹고 집으로 가거라. 형편이
오죽했으면 아이들이 갯짐을 지러 나올까. 쯧쯧."
바닷가 인심은 나쁘지 않았다. 바다에 나가면 생선과
해산물을 잡을 수 있어서 흉년이 들어도 굶어 죽을 일은
없었다.
하영은 힘없이 발길을 돌렸다. 가는 길에 장터를 만나

면 그곳에서 일거리를 찾을 생각이었다. 한낮의 햇빛과 싸워가며 들길을 걸었다. 길을 잃어 산길을 돌며 헤맬 때도 있었다. 산이 검어지고 들판이 어두워지자 발걸음이 급해졌다. 그때 길옆에 서 있는 허름한 주막이 보였다. 주모에게 들키지 않으려고 주막 뒤편 땔감에 기대어 앉았다. 이슬만 피해 날짐승처럼 깃들었다.

하룻밤 묵어가는 술꾼들 대화가 문틈으로 흘러나왔다. 마당에는 남자들이 지고 온 독이나 소쿠리 지게들이 놓여 있었다. 장터를 찾아다니는 상인들이었다. 쉬지 않고 걸어온 탓인지 피로가 밀려왔다. 사나운 산짐승이 나오지 않을까 걱정이 끝나기도 전에 하영은 잠이 들었다.

"쌀쌀할 텐데 여기서 자고 있네. 얘야, 일어나 봐. 어디에서 온 거냐?"

이른 아침 주모가 흔들어 깨웠다. 그녀는 부랑아인지 도둑질을 하는 아이인지 의심의 눈초리로 바라보았다. 주모는 낡은 바랑을 유심히 살폈다.

"수원호도부(현 화성시)에서 왔어요."

그 순간 밥 냄새가 하루 종일 비어 있는 빈속으로 흘러들었다. 비쩍 마른 아이가 아무것도 못 먹은 얼굴로 죄인처럼 서 있었다. 주모는 밥알이 불어 둥둥 떠 있는 국밥을 하영이에게 가져다 주었다. 부뚜막에 걸어놓은 솥단지의 김이 황소 콧김처럼 피어올랐다. 하영은 마당에 깔린 멍석에 앉아 밥을 먹었다. 밥을 얻어먹은 하영이는 마당을 쓸고 땔감을 정리했다. 주모는 미소 지으며 하영을 바라보았다.

"제가 여기서 중노미를 하면 안 될까요?"

"중노미라니, 그럼 네가 주막에서 심부름을 하겠다고?"

하영은 더 이상 말을 못 하고 고개를 숙여버렸다. 주모는 그런 하영을 안타깝게 바라보았다.

그때 주막에서 하룻밤을 묵은 노선비가 방문을 열고 나왔다. 젊은 선비가 곧 뒤따라 나와 노선비의 신발코를 앞으로 놓아주었다. 주모는 허리를 굽혀 황급히 인사를 했다.

"나으리, 잘 주무셨습니까?"

"편히 잤네. 그런데 무슨 일인가?"

"나으리, 이 아이가 집 뒤편에서 자고 있길래…… 아무래도 집을 나온 모양입니다."

하영이도 주모 곁에서 허리를 굽혔다. 노선비는 하영을

찬찬히 바라보았다.

"어디에 사는 어느 분의 자제인고?"

"저는 수원도호부 호매절 어량천면(현 화성시 매송면 어천리)에 사는 단양 우씨 집안 정 자 서 자 되는 분의 아들 우하영입니다."

하영이 말이 채 끝나기도 전에 선비는 깜짝 놀라는 표정이었다.

"아니, 네가 추연 선생의 자손이란 말이냐?"

"그러하옵니다."

"그런데 여긴 어쩐 일인가?"

하영은 선비의 형형한 눈빛 앞에서 거짓말을 할 수가 없었다.

"집에 불이 나서 서책이 다 타버렸습니다. 형편이 어려워 글공부를 할 수가 없습니다. 그래서 돈을 벌어 책을 살 생각입니다. 일할 곳을 찾아 헤매고 있습니다."

"집안이 많이 어려워졌구나. 그러나 공부는 다 때가 있단다. 지금 집안이 어렵더라도 글공부를 계속해야 한다. 과거 급제를 해야 훗날 네가 원하는 일을 할 수 있을 것이다."

"글공부는 할아버지께 좀 배웠습니다. 그런데 할아버지께서 돌아가셔서⋯⋯."

선비는 과거에 응시해야 하는 하영의 앞날이 걱정되었다.

"하영아, 나는 안산 첨성리에 사는 이익이란다. 글공부를 하다가 어려움이 있으면 찾아오너라. 그리고 이 길로 당장 집으로 돌아가거라."

하영이는 두 손을 앞으로 모으고 인사를 드렸다. 이익은 고개를 두어 번 끄덕이고 젊은 선비와 주막을 나섰다. 하영은 주모에게 인사를 하고 발길을 어천리로 향했다.

부모님이 걱정하실 것을 생각하니 하영은 마음이 무거웠다. 종일 걸어서 집 앞에 도착하였다. 칠흑 같은 밤 희미한 불빛이 흔들리고 있었다. 하영은 집 모퉁이를 몇 번인가 돌아 나왔다. 용기가 나질 않았다. 아버지는 화가 나셨을까. 어머니는 울고 계실까. 죄인이 따로 없었다. 인기척을 느꼈는지 어머니가 문을 열고 나왔다. 하영을 보더니 맨발로 달려왔다.

"하영아, 하영아! 어디 갔다 왔니. 얼마나 찾아다녔는 줄 아느냐."

"울지 마세요 어머니. 죄송해요."

어머니 울음소리에 아버지가 밖으로 뛰쳐나왔다.

"하영아, 들어오너라."

방으로 들어가면서 아버지는 헛기침을 두어 번 했다. 하영은 고개를 숙이고 들어가 무릎을 꿇고 앉았다.

"앞으로 글공부를 할 것이냐, 말 것이냐?"

"잘못했습니다. 아버지, 글공부를 하겠습니다."

"생활이 힘들어도 책은 사 줄 것이다. 네가 총명하니 글 공부에 전념해서 과거 시험을 준비하도록 해라. 큰집에 서 너를 양자로 들이기로 했다. 큰아버지도 살림은 넉넉 하지 않지만, 도움을 주실 것이다."

"알겠습니다. 아버지, 주막에서 이익이라는 노선비님을 만났습니다. 그분이 우성전 선대 할아버지를 잘 아시는 것 같았습니다. 글공부를 하다가 힘들면 안산으로 찾아 오라고 하셨습니다."

"그런 일이 있었구나. 그분은 이 근방에서 유명한 분이 란다. 학문이 깊고 제자들을 많이 가르친다고 들었다. 도 움을 받을 수 있다니 고마운 일이다."

아버지의 얼굴이 조금 밝아지는 듯했다.

그날 밤 하영은 오랜만에 꿈을 품고 깊은 잠에 들었다. 가진 땅이 적은 아버지는 토지를 빌어 농사를 더 지었다.

하영은 글공부를 하다가 의문이 생겼다.

"아버님, 이익 선생 댁에 잠시 다녀와야겠습니다."

"잘 다녀오너라, 길이 험하니까 조심하고."

하영은 구불거리는 산길을 향해 걸음을 재촉했다. 어천리에서 안산의 첨성리까지는 삼십 리가 넘는 거리였다.

"어서 들어오너라."

이익은 손자 같은 하영을 반겼다. 하영은 이익 선생 댁에 있는 수천 권의 서책을 보고 놀랐다. 이익의 부친 이하진이 사신으로 중국 연경에 갔을 때 산 책들이었다.

"선생님, 과거 시험에 필요한 책을 봐도 되겠습니까?"

"그래라, 어려워 생각하지 말고 보고 싶은 책을 찾아보아라."

하영은 필요한 책을 찾아 읽고 더 읽어야 할 책은 빌려왔다. 밤이 깊도록 하영의 방에는 불이 꺼지지 않았다. 하영은 첫 과거 시험 준비를 열심히 했다.

그해 사마시(司馬試)에 나갔지만 낙방하였다. 이익 선생을 찾아가는 하영이의 발끝에 힘이 빠졌다. 산길이 멀고도 멀었다.

"제가 어리석어 과거에 급제하지 못하고 돌아왔습니다."

무릎을 꿇고 있는 하영이에게 이익은 자신의 경험을 들려주었다.

"나는 스물다섯 살 때 과거에 응시를 하여 초시에 합격하였다. 그러나 녹명(錄名)이 격식이 맞지 않다 하여 회시에 응시할 자격을 박탈당하였지. 당시는 남인들이 정권에서 완전히 축출된 지 10여 년이 지난 때였어. 중앙 정계는 노론과 소론의 무대였다. 지금도 그때도 그들은 남인의 득세를 어떻게 해서라도 막을 방도를 찾고 있지. 나는 그 길로 낙향하여 초야에 묻혀 있다. 하영아, 이제 시작이다. 낙심하지 말고 부디 과거 시험에 힘쓰거라"

"명심하겠습니다."

"양반들도 무위도식하지 말아야 한다. 농토로 돌아가 농사를 지으며 농법을 발전시켜야 한다. 양반도 윤리에 어긋나지 않는 한 상업에 종사해도 무방하다. 문장이나 시가에만 힘쓰지 말고, 사회를 바로잡을 수 있는 실효성 있는 학문에 주력해라. 아무쪼록 학문을 게을리 하지 말아라"

이익은 하영의 처진 어깨를 다독여주었다.

이익의 집안은 얼마 남지 않은 땅을 조금씩 팔아 가세가 기울고 있었다. 실학자 이익은 농사를 짓고 벌과 닭을 키우고 있었다. 실학은 지난날의 잘못된 제도를 뜯어고쳐 나라와 사회를 부강하게 하고 살찌우자는 개혁이었다. 하영이 또한 중농학파인 이익 선생 댁을 드나들며 그 정신을 이어받고 있었다. 많은 제자들이 찾아와서 이익과 함께 실학을 논했다. 이승훈, 이가환 등 연령이 다양한 인재들이 있었다.

하영은 글공부를 하다가 마당가로 나와 기지개를 켰다. 굳은 어깨를 폈다. 물을 마시러 우물가로 내려가다 생각해보니 한동안 우물물을 길어가는 연이를 볼 수 없었다. 우물가에서 연이 어머니가 빨래를 하고 있었다. 하영이 두레박으로 물을 퍼 올렸다.

"연이가 안 보이네요?"

"하영이 네가 모르고 있었구나. 연이는 두어 달 전에 빈 정포로 시집을 갔어."

하영은 까마득한 절벽에 서 있는 느낌이었다. 하영은 소나무 숲에서 철쭉꽃을 꺾어 와 우물가 돌 틈에 꽂아 놓았다. 그날 밤 하영은 두레박으로 연이 얼굴을 닮은 달을 길어 올렸다.

하영은 과거 시험에서 번번이 낙방했다. 낙방할 때마다 다시 희망을 품고 과거 시험을 준비했다. 이번이 마지막 이라는 각오로 과거에 응시했지만, 또 떨어졌다. 낙방한 지방 유생들과 하영은 하룻밤 묵어갈 주막에 들어갔다. 주모는 주막에 걸린 등에 불을 밝히고 있었다.

좁은 방 안에는 대여섯 명의 유생들이 둘러앉아 있었다. 하영의 얼굴은 절반은 희미했고 절반은 어둠이었다. 젊은 선비가 낮에 거리 구경을 하면서 본 자자형 형벌 얘기를 꺼냈다. 그의 짙은 눈썹이 꿈틀거렸다.

"얼굴에다 글자를 새기다니, 등골이 오싹하였습니다."

"그 죄인이 물건을 훔친 절도범이라지요."

"오랑캐들 형벌이 신체를 훼손하는 무시무시한 육형투

성이란 말이오."

"자자형을 비롯해서 죄인의 발뒤꿈치를 자르는 월형, 코를 베는 의형, 남성의 생식기를 자르는 궁형, 목숨을 빼앗는 사형을 오형이라고 합니다."

고대 육형은 한나라 문제에 의해 폐지되었다. 그런데 예외적으로 자자형은 다시 나타나, 송나라 때 공식적인 형벌이 되었다. 그 형벌이 조선으로 건너왔다.

참혹한 형벌을 떠올리던 선비들의 얼굴이 굳어졌다. 형벌을 받던 죄수의 끔찍한 표정과 고통이 전해졌다. 자자형은 얼굴이나 팔뚝의 살을 따고 흠을 내어, 죄명을 찍어 넣는 형벌이었다. 묵형이라고도 했다. 먹물을 찍어 넣을 때마다 죄인은 비명을 질렀다. 하영이의 한숨이 검은 먹물처럼 스멀스멀 번져 나갔다. 유생들은 과거 급제가 일생의 목표였다. 손가락 끝에 먹물을 담아 뜻을 세워야 할 사람들이었다.

하영은 과거 급제를 해서 부모님을 잔칫상에 초대하고 싶었다. 관에서는 급제자들의 부모를 불러 잔치를 베풀었다. 지난 과거 시험에서 떨어진 날들을 떠올리는 하영의 얼굴은 초췌하였다. 행색도 제일 허름했다.

하영은 회시(會試)에서 열두 번 낙방했다. 이제는 말단 직에도 오를 수 없는 형편이 된 것이었다.

"가난한 양반들이 돈 많은 상인에게 양반의 신분을 팔기도 한다지요."

턱수염이 무성한 선비가 양반가에서 떠도는 얘기를 꺼냈다.

"그러게 말입니다. 돈으로 신분은 샀지만, 학문과 예의범절은 사지 못했을 겁니다."

"나라에 재정이 없어 노비들도 돈을 많이 내면 신분 상승을 해준다 하잖는가."

"도망친 노비들의 수를 셀 수가 없다는 소문도 있습니다."

"그건 그렇고, 합격해도 등용되지 못한 시험을 왜 이렇게 자주 보는지 모르겠네."

"시험 문제를 미리 알아내는 짓은 어떻게 하는지 분통이 터집니다."

"그것뿐인가요. 남의 글을 표절하거나 대리 시험은 물론 버젓이 시험장에 책을 끼고 들어온다니까요."

"권력 있고 돈 많은 집안은 답안지를 살 수 있다고 합니다."

"지금의 과거 제도는 극도로 문란해질 수밖에 없지요."

열다섯 살 때부터 과거 시험에 응시했던 하영에게는 낙방보다 더 큰 형벌은 없었다. 훗날 하영은 자신의 뼈저린 경험을 바탕으로 과거제 개혁론을 주장하였다. 먼저 검증된 사람을 추천받고 그들을 대상으로 시험을 치르자 했다. 무자격자가 적발되면 추천한 자와 당사자를 함께 처분하는 연좌제를 제시했나. 그러나 그 개혁론은 실현되지 못했다.

하영이 할아버지처럼 의지했던 이익 선생이 돌아가셨다. 하영은 자신의 부족함을 탓하고, 부패한 과거 제도를 탓하며 과거 시험을 접었다. 회시(會試)에서 열두 번 떨어진 후였다.

'나는 어리석어 과거에서 수없이 떨어졌다. 우물 안에 있는 개구리 같고, 벽을 오르지 못하니 답답한 마음이다. 나의 굶주림과 추위를 돌아보니, 이 팔도 안에서 나와 같이 곤궁한 자가 몇이나 될까?'

하영이는 누군가에게 신세 한탄을 하듯 우물가에서 탄

식하였다. 그는 과거와 관직은 접었지만, 학문의 뜻은 접지 않았다. 하영은 농사를 지으며 늦은 밤까지 학문을 연구했다. 『농가총람』을 쓰면서, 거름 넣는 법에 그의 견해를 써 넣었다.

'재의 성질은 뒤척일수록 비옥해진다. 만일 오줌과 섞어서 뒤척이면 참으로 좋다. 번번이 오줌과 섞지 못하더라도 날마다 나는 쌀뜨물이나 부엌의 허드렛물과 섞어서 뒤척이고 햇볕에 쬐어 말리도록 한다. 햇볕에 쬐인 뒤에 또 섞고 뒤척여 이와 같이 하기를 수도 없이 하는 것이 두루 좋다.'

실생활에서 좋은 거름을 만드는 법이다. 비옥한 토지를 만들어 농작물의 생산을 증가하려는 목적이었다.

우하영은 신치후의 딸 평산 신씨와 늦은 결혼을 했다. 스물다섯에 첫아들 상연을 낳았다. 아이에게 젖을 물리고 있는 아내의 얼굴은 윤기가 없었다.

"경기도 광주 쪽에 좀 다녀오겠네. 며칠 걸릴 것이네."

"잘 다녀오세요. 길이 험할 텐데 몸조심하셔야 해요."

상연이는 아버지를 보고 까르르 웃었다. 우하영도 아기

와 눈을 마주치고 볼을 만지며 웃었다. 아기의 재롱과 웃는 소리가 잠시 가난을 잊게 했다. 벼슬을 하지 못한 양반은 조롱과 비웃음을 샀다. 우하영은 만나는 사람도 거의 없고 경조사도 끊고 살았다. 발이 부르트도록 전국을 돌아다니며 우하영은 실학자의 길을 걸었다. 유람이 아닌 현지답사였다. 길에서 백성을 만나면 고통이 무엇인지 먼저 물었다. 허기진 몸으로 그가 길을 걸으며 생각에 잠겼다.

'사람이 몹시 가난하거나 높은 지위에서 이름을 날리는 것은 참으로 하늘의 뜻이다. 한마디 말이나 하나의 일로 백성과 나라에 참으로 보탬이 될 수 있고, 후대 정치에 도움이 될 수만 있다면, 이 삶은 결코 헛되이 보내는 것은 아니다.'

우하영은 술이나 먹고 장기나 두며 희희낙락 노는 것에, 단 한 번도 마음을 둔 적이 없었다.

정조의 총애를 받은 정약용은 수원 화성 축성에도 힘을 쏟았다. 하영은 이승훈을 통해 정약용과 인사를 나눈 터라 수원 화성에 가끔 찾아갔다. 이승훈은 성호의 후손이었고 정약용의 매형이었다. 하영은 수원 지역을 다니면서 낙후된 토질과 영농법을 직접 관찰했다. 또한 그곳이 번성할 수 있는 방법에 대해 글로 적었다. 하영은 방 안에서 책만 읽고 있을 수 없었다. 화성 축조 이후 화성이 군사적 요충지로 거듭나기 위한 방안에 대해 다산과 의견을 나누기도 하였다.

"다산, 화성은 중요한 곳이네. 군사 제도의 보완, 민생 안정을 목적으로 한 농업과 상업 진흥 계책이 필요하네. 토지를 더 넓히고 민호를 더 증가시켜야 하지 않겠는가. 다산은 어찌 생각하는가?"

하영이 다산에게 말했다. 이때 하영의 나이는 다산의 아버지뻘이었다.

"저도 그리 생각하고 있습니다. 전하께서도 행궁 수비를 더 견고히 하라는 명령을 하셨습니다. 이번에 도르레 원리를 이용해서 거중기를 만들었습니다. 선생님, 한번 보시겠습니까?"

다산은 우하영에게 정조가 전해 준 서양 책 『기기도설』이란 책을 보여주었다. 다산이 발명한 거중기 덕분에 적은 인원으로 수원 화성을 짧은 기간에 건설하게 되었다.

한편 하영은 경기도를 비롯 각 지방 농민들의 고통을 보면서 관의 부정부패에 대한 참담함을 글로 적었다. 가장 심한 것이 환곡이었다. 관가에서 봄에 양곡을 빌려주었다가 가을에 몇 배의 이자를 붙여 거둬들였다. 관직을 돈으로 사서 관리가 된 자들이 세금으로 보상을 받으려는 짓이었다.

어느 해, 재해가 잇따르자 정조는 구언 하교를 내렸다. 정조는 여러 차례에 걸쳐서 각 지역 유생들에게도 농서(農書)와 시무책(時務策)을 올리라고 하였다. 우하영은 정조 20년 상소를 올렸다. 상소와 함께 시무책 「수원유생우하영경륜(水原儒生禹夏永經綸)」에는 13조 상소 안이 들어 있었다. 정조는 신하들에게 우하영의 상소를 칭찬하였다.

"여러 조항이 참으로 좋소. 그리고 이 상소를 올린 자의 경륜은 내 일찍이 잘 알고 있소"

우하영의 상소를 읽은 정조는 비답을 내렸다.

'네가 올린 소를 잘 보았다. 네가 아뢴 13조는 모두 백성과 나라의 실용에 관계된 것이니, 너는 재주가 있음에도

관직에 나아가지 못한 사람이겠구나.'

정조의 비답은 조목마다 500여 자로 답변을 8폭이 넘은 시지(屍脂)에 큰 글씨로 썼다. 삼가 받아서 전가의 보물로서 소중히 여기라 명하였다. 시지(屍脂)에 쓴 비답을 받고 우하영은 눈물을 흘렸다. 시지(屍脂)는 과거 시험의 답안을 쓰는 종이였다. 비답은 그동안 몰락한 양반이 받은 온갖 멸시와 눈물을 씻어주었다. 정조는 향촌에서 상소를 올린 백성의 마음을 헤아릴 줄 아는 왕이었다.

정조가 수원 화성 행차를 하던 어느 날 정약용을 불렀다.
"다산, 오늘 밤 화성에 사는 우하영이라는 유생을 불러 올 수 있겠는가? 상소 안을 보니 그의 학문이 깊고 견문이 넓은 사람일세."

"전하, 화성 매송으로 사람을 보내 그를 불러오겠습니다. 관직에는 오르지 못했으나, 나라와 백성들을 구제하려는 방안을 고민하고 있는 줄 아옵니다."

그날 밤 우하영은 꿈에 그리던 정조 임금과 대면할 수 있었다. 임금은 근엄한 표정을 풀고 우하영을 바라보았다. 우하영은 무릎을 꿇고 고개를 숙이고 있었다.

"그대는 고개를 들라. 짐이 그대의 상소를 보고 그대의 견문을 더 듣고자 불렀다."

"전하, 신은 어리석은 백성이옵니다. 미천한 자의 의견을 물으시니 몸 둘 바를 모르겠습니다."

"그대의 선대들은 신미년과 임오년 무변에 사대신과 함께 화를 당했다. 대사성 우성전의 후손이라니, 역시 가상하구나."

우하영 선대는 영조에게 사도세자를 죽여서는 안 된다고 간언한 남인이었다. 정조는 그 고마움을 잊지 않고 기억하고 있었다.

"그대의 상소를 보니 역사, 지리, 전제, 군제, 국방, 관제, 농업 기술과 사회 실정을 낱낱이 아는 바 그런 자료를 어떻게 구했는가?"

"전하, 과거에 번번이 떨어져 초야에 묻힌 제가, 할 수 있는 일이 농사와 학문뿐이었나이다. 어려서부터 세운 뜻이 있어, 전국을 돌아다니며 보고 듣고 느낀 견해를 기록 중이었습니다. 옛 문헌과 당대 제가의 글을 참고하기도 하였나이다."

"실로 짐이 보기에 그대가 상소한 여러 조항이 참으로

좋으이."

"황공하옵니다 전하, 평소에 기록해놓은 것을 소를 갖추어 올렸나이다. 저의 거친 견해를 대략 모아서 만든, 책자를 『천일록』이라고 이름 하였습니다. 천 번을 생각하여 한 가지를 터득하였다, 라는 뜻입니다."

"내 비변사에게 그 책 한 권을 베껴놓고 원본은 대궐로 가져오라 명했네. 그리고 시무책 내용을 관계 부서에서 검토하도록 지시를 하였느니, 그대 생각에 지금 가장 시급한 일은 무엇이라 생각하는가?"

"전하, 지금 가장 급선무는 농사를 권장하는 일이라 생각하옵니다. 농민이나 양반이나 밭에서 일하는 것이 부끄러워, 술집이나 오락에 빠져 하루 종일 시간을 보내는 곳이 많이 있사옵니다. 농상에 부지런히 힘쓰고, 근면하고 검소하면 나라가 잘 다스려지고, 사치하고 게으르면 어지러워지는 것은 어느 나라나 모두 똑같다고 생각하옵니다."

"그대 생각이 참으로 마땅한 바일세. 앞으로 짐에게 더 좋은 의견을 나눠 주길 바라오."

"전하, 신의 미천한 생각을 귀히 여겨주시니 성은이 망극하옵니다."

"내 그대에게 벼슬을 내릴 생각인데, 그대는 내 청을 받아주길 바라오."

정조는 만면에 웃음을 띠고 있었다. 우하영은 몸 둘 바를 몰라 허리를 더욱 낮추고 엎드려 대답했다.

"전하, 저 같은 미천한 자가 전하 곁에 있으면 무슨 도움이 되겠사옵니까. 지금 처한 소인의 형편대로 살고자 하오니, 전하께서는 그 청을 거두어주시옵소서."

"그대는 벼슬도 구하지 않으니 참으로 애석하도다. 난 그대와 형 아우가 되고 싶으이. 그대 생각은 어떠한가? 껄껄껄."

"전하의 말씀을 거두어주시옵소서. 천부당만부당하옵니다."

"허허허 그대는, 그게 그리 어려운 것이오? 나에게 아우! 이렇게 한번 불러보시오."

정조와 우하영은 밤이 깊은 줄 모르고 정담을 나눴고, 나라 안의 크고 작은 문제에 대해 의견을 나눴다. 방 안을 환하게 밝히는 불빛은 흔들림이 없었다.

우하영은 정조에 이어 순조에게도 상소를 올렸다. 우하
영은 노구의 목숨을 걸고 바른 말을 하는 선비였다. 육십
구 세에 우하영은 자신의 호를 따서『취석실주인옹자서
(醉石室主人翁自敍)』라는 자서전을 남겼다. 스스로 호를
취석실(醉石室)이라 지은 것은 취해서 세상을 제대로 보
지 못하는, 어리석은 돌과 같은 사람이라고 생각했기 때
문이다. 우하영은『잡록』에 이렇게 적었다.

　"나만의 일신이나 영달을 위해서가 아니라, 뭇사람들을
위해서 살아간다면 이보다 더 큰 가치는 삼라에 없다. 하
나의 좋은 말씀이라도 듣는다면 죽을 때까지 스승으로
삼을 만하다."

Part 3.

___

정조 편

1776-1800

조선의 제22대 왕.

　정조 시기를 조선 시대의 문예부흥기로 일컫기도 한다. 정조는 비명에 죽은 아버지를 장헌세자로 추존하였다. 또한 양주 배봉산(拜峰山) 아래에 있던 장헌세자의 묘를 수원 화산(花山) 아래로 이장해 현륭원(顯隆園)이라고 하였으며, 용주사(龍珠寺)를 세워 원찰(願刹)로 삼았다. 그는 아버지 사도세자의 복권과 어머니 혜경궁 홍씨에 대한 효도를 수원에 신도시를 건설하는 것으로 완수하였다.

　옛 수원 관아가 있던 화산에 현륭원을 조성하면서 대신 팔달산 기슭에 신도시 화성을 건설하고 어머니의 회갑연을 화성 행궁에서 열었다. 권신(權臣)들의 뿌리가 강고한 서울에서 벗어나 신도시 수원을 중심으로 한 새로운 정치적 구상을 가진 것이었다.

　그는 조선 시대 27명의 왕 가운데 유일하게 문집 『홍재전서(弘齋全書)』를 남겼다.

화성의 달 만천명월주인옹

전비담

"이보게 구경 가세. 임금님이 수원 화성까지 원행을 하
신다네."

"그게 뭔 구경거리라고, 해마다 있는 일인 걸."

"아닐세, 이번에는 혜경궁 마마와 임금님의 누이동생
청연과 청선 두 군주(郡主)[1]님까지 대동하신다네. 장용영
의 군대가 총출동하고 중신들도 죄다 참가한다고 한강
노량진에는 큰 세곡선과 상선 서른여섯 척으로 어마어
마한 배다리도 놓았다네. 사람만 육천 명, 말도 칠백칠십
아홉 마리나 동원되어 역대 최대의 행차라네."

"그래……? 그런데 왜 갑자기 임금님네 온 가족이 모조

---

1 왕세자의 정실에서 태어난 딸.

리 행차하시는가?"

"올해가 동갑내기 사도세자와 혜경궁 마마의 회갑이지 않은가. 임금님이 가족들을 데리고 현릉원의 아버지 사도세자에게 참배를 하고 화성행궁에서 어머니 혜경궁 마마의 회갑 잔치를 열어드린다네. 억울하고 비참하게 돌아가신 아버지와 기구한 세월을 살아오신 어머니, 두 분 부모님의 저승과 이승을 아울러 회갑 잔치를 열어드리는 임금님의 마음이 얼마나 애통할까……."

한양에서 수원으로 이르는 연도에 백성들이 구름처럼 모여들었다. 조선 제22대 임금 정조가 어머니 혜경궁 홍씨의 회갑을 맞아 기획한 을묘(1795. 정조 19년) 화성 원행 대행차를 구경하기 위해서다.

"자자, 물럿거라, 임금님 행차하신다!"

경호군관들의 통제에 밀려 몇 걸음씩 뒷걸음질을 치면서도 평생에 다시 못 볼 이 진귀한 구경을 놓칠세라 사람들은 서로 밀치다가도 서로의 어깨 자락을 붙잡고 까치발을 하며 너나없이 한양 쪽으로 목을 길게 뺐다. 멀리서 아련히 울려 퍼지는가 싶던 풍악이 신명 난 북소리를 따라 점점 가까워졌다. 드디어 각양각색 울긋불긋한 깃발을 어룽거리며 행렬이 모습을 드러냈다.

늠름하게 어검을 비껴 차고 금빛 찬연한 갑주를 갖춘 임금은 위엄에 가득 차 있었다.

"대열을 유지하라! 지체되지 않도록 하되 너무 빨리 가서도 아니 된다."

"주위를 잘 살펴 경계를 늦추지 않도록 하라!"

정조 임금은 위풍당당하게 걸어가는 백마 위에 높직이 앉아 전후좌우 사방팔방을 살피며 거대한 행차 행렬을 직접 진두지휘하고 있었다. 어제 한양을 떠나 시흥행궁에서 하루를 묵어오기까지 이틀 동안에도 수시로 행차를 멈추고 말에서 내려 손수 대추차를 올리며 어머니의 용태를 점검하기도 했다.

"임금님이 마마님 뒤를 따라가며 직접 노모를 호위하시는구나. 우리 임금님의 효심은 역시 대단해."

대열의 사이에 배치된 조총 부대는 불시의 어떤 공격이라도 단숨에 물리쳐버릴 듯 당당한 위용을 드러내고 있었다. 점심 무렵 사근참행궁[2]에서부터는 촉촉이 봄비가 내리기 시작했다. 끝없이 이어지던 행렬의 말미가 장안

---

2 지금의 의왕시 왕곡동 부근.

문으로 들어설 때는 저녁이 다 되었다. 화성 유수 조심태가 여러 장수들과 함께 어가 행렬을 맞이하였다. 화성행궁의 정문인 신풍루와 좌익문, 중앙문을 거쳐 행궁의 중심부인 봉수당에 도착하자 정조는 말에서 내렸다.

"어마마마, 이제 다 왔습니다. 많이 힘드셨지요?"

"주상이 세심히 살펴주어 편히 왔소. 나는 괜찮은데 주상이 나로 하여 고생이 많소."

정조는 어머니의 손을 이끌어 장락당에 모시고 자신은 유여택에 여장을 풀었다. 그리고 신하와 병사들을 둘러보며 원행의 노고를 치하하고 백성들에 대한 주의를 환기시켰다.

"오늘 마침 봄비가 내려 메마른 논과 밭을 적시니 백성들과 더불어 나의 마음이 한없이 흡족하오. 모두들 수고하였소. 내일부터 중요한 행사가 많으니 긴장을 늦추지말되 만에 하나라도 백성들을 번거롭게 하여 민폐를 끼치는 일이 없도록 하시오."

화성 첫째 날

정조는 화성향교[3] 대성전을 참배하기 위해 아침 일찍 처소에서 나왔다. 말에 오르면서 배웅을 나온 동부승지에게 일렀다.

"성묘(聖廟)[4]를 참배하고 곧 돌아올 터이니 문무과 별시를 진행할 수 있도록 빈틈없이 준비해두시오."

말에 오르니 윤이월의 산뜻하고 부드러운 아침 공기가 코끝에 감겨왔다. 정조는 가슴 깊숙이 숨을 들이쉬고는 말을 몰았다. 길 양옆의 초목들이 어제 내린 봄비로 더욱 싱싱해진 초록의 색깔과 향기를 뿜어내고 있었다. 팔달산 남쪽 기슭에 다다르자 향교 건물들이 눈에 들어왔다. 올곧은 선비의 용모처럼 단아하다. 건물들은 꽃과 나무가 어우러진 산자락에 병풍처럼 둘러싸여 폭 안겨 있었다. 대성전 앞뜰에는 청금복[5]을 입은 유생들이, 그 아래 양쪽 명륜당 쪽으로는 수행 문무백관들이 줄지어 서 있었고 많은 경호병들이 명륜당 뜰과 향교 주위를 지키고 서 있었다. 주변은 임금의 행차를 구경 나온 마을 사람들로 북적거렸다. 가슴팍에 엿판을 매단 소년이 엿이오,

<hr>

3 지금의 수원향교.
4 공자를 모신 사당.
5 조선 시대 유생이 입던 옷. 옥색에 청색으로 깃, 섶, 밑단, 수구, 무를 장식하였다.

엿! 소리치며 아이를 업은 부녀자들 사이를 누비고 다녔다. 정조는 향교 문밖에서 말에서 내려 여[6]를 타고 명륜당으로 갔다. 거기서 면복으로 갈아입은 다음 대성전 앞 기둥으로 가서 서쪽을 향해 네 번 절을 올렸다. 뒤에 둘러선 유생과 백관들도 절차에 따라 예를 올렸다.

"임금님 화성 행차의 첫 행사가 향교 참배네 그려?"

"우리 임금님은 어려서부터 효자 그림책(孝子圖)[7], 성인 그림책(聖蹟圖)[8]을 좋아하고 공자님과 성인들을 흉내 내는 놀이를 즐기며 성군의 꿈을 키워 오셨다잖아. 그러니 공자님과 여러 성현들의 위패를 모신 이곳에 제일 먼저 인사를 드리는 것이 당연하겠지."

"지독한 독서광이시라지. 첫돌 때도 상 위에 차린 노리갯감들은 거들떠보지 않고 책만 잡으시더니 어릴 적부터 보지 않은 책이 없다는군."

"경연 때엔 신하들이 임금님 앞에서 절절맨다네. 규장각 문신들도 직접 가르치고 과거 시험 출제와 심사도 직접 하신다더군."

---

6 뚜껑 없는 가마.
7 효자도.
8 성적도.

청년 유생들이 소곤거렸다. 정조는 성현들의 위패를 모신 성묘로 들어가 벽이며 의자며 향로 등을 세심히 살펴보고는 담당관에게 꼼꼼히 지시했다. 문묘가 낡고 단청이 헐었으니 서둘러 수리하고 낡은 의자도 교체하라는 것이었다. 성전 계단을 내려와서는 뜰에 늘어서 있는 유생들을 둘러보며 물었다.

"오늘 유생들이 몇 명이나 참배하였소? 모두 오늘 있을 과거에 응시하기로 되어 있는 거지요?"

승지가 나서서 대답을 했다.

"문묘에 참배한 유생들은 36명인데 모두 응시하지 못하였습니다."

정조가 아랫입술을 삐죽이 내밀고 엄지와 검지로 턱을 문지르더니 말했다.

"여기 있는 유생들 모두 오늘 화성행궁에서 실시할 과거에 응시하라. 답안 봉투에는 내가 알아볼 수 있게 '성묘집사유생'이라고 표식을 하라."

문묘 참배에 참여한 유생들에게 일종의 특혜를 내린 셈이었다.

다시 융복(戎服)[9]으로 갈아입은 정조는 말을 타고 행궁으로 돌아와 행궁 오른편의 낙남헌으로 갔다. 문무과 별시를 주관하기 위해서였다. 화성을 비롯해 인근 광주, 과천, 시흥 지역에서 모여든 선비들과 무사들이 대기하고 있었다. 아침에 향교 대성전 뜰에서 보았던 유생들의 모습도 보였다. 시험장에는 긴장의 정적이 팽팽하게 흐르고 있었다.

"오늘 이 별과는 지역의 인재를 고루 신발, 등용하기 위해 특별히 마련한 시험이니 그동안 닦은 실력을 마음껏 발휘하여 좋은 결과를 얻도록 하라."

임금이 수험생들을 격려하자 곧 시험 과목이 제시되었다. 문과의 과목은 혜경궁 홍씨의 천천세를 기원하는 내용, 무과의 과목은 활쏘기였다.

오전의 일정을 마치고 정조는 봉수당으로 갔다. 봉수당은 원래 장남헌이었는데 정조가 이번에 혜경궁 홍씨의 회갑을 맞아 어머니의 만수무강을 받들어 빈다는 뜻의 봉수당이란 당호로 새로이 편액[10]을 걸었다. 널찍한 마당

---

9 군복.

10 종이, 비단, 널빤지 등에 그림을 그리거나 글씨를 써서 방안이나 문 위에 걸어놓는 액자.

에서 모레 있을 회갑 잔치의 예행연습인 진찬습의가 진행 중이었다. 주인공 혜경궁 홍씨와 일가의 친척들도 참석하고 있었다. 혜경궁 홍씨의 만수무강을 비는 춤의 대형과 동작을 맞추느라 분주한 기생들[11]을 보자 정조가 염려의 기색을 보이며 당부를 하였다.

"서울에서 온 기생들과 화성부의 기생들이 처음으로 만나 함께 행사를 치르는 것이니만큼 미리 손발을 잘 맞추어 실수가 없도록 하라."

회갑 예행연습을 참관한 후 정조는 좀 일찍 어머니를 침소에 모셨다.

"어마마마, 내일은 해 뜨기 전에 원행 행차에 나서야 합니다. 일찍 침소에 드시지요."

유여택으로 돌아온 정조는 쉽게 잠을 이룰 수가 없었다. 내일 드디어 두 누이동생들과 함께 어머니의 손을 잡고 아버지의 묘소에 전배하는 날이다. 온 가족이 함께 아버지를 뵈러 가는 것은 아버지 돌아가신 후 처음 있는 일이다. 생각할수록 가슴이 벅차오르곤 하였다. 지난 일들이 파노라마처럼 밀려왔다.

---

11 당시 회갑연의 무용수들은 궁궐의 여종들과 의녀들로 구성되어 있다.

"할바마마, 아바마마를 용서해주세요! 제발 아바마마를 살려주세요!"

1762년 임오년 5월의 일이었다. 사도세자의 나이 28세이고 아들 이산(李祘)[12]의 나이 11세였다. 어린 이산은 사도세자가 갇혀 있는 뒤주를 손톱이 빠지도록 두드리며 아버지를 애타게 불렀다. 그러다가 그리해선 소용없다 싶은 마음에 돌아서 할아버지 영조의 용포 자락에 절박하게 매달렸다. 영조는 눈을 감고 아랫입술을 꾹 깨물더니 둘러선 신하들에게 싸늘하게 소리쳤다.

"세손을 썩 물러가게 하지 못할까!"

"할바마마, 할바마마아……!"

신하들에게 이끌려 나오며 애절하게 두리번거리는 이산의 눈에 외할아버지 홍봉한은 보이지 않았다. 그 외할아버지가 자신의 아버지 사도세자의 죽음에 깊이 관여했다는 사실을 이산은 뒤늦게 알게 되었다. 눈물로 뒤범벅되어 뿌옇게 흐려진 시야였지만 홍인한, 김상로, 김귀주 등 척신들이 냉랭한 얼굴로 굳게 입을 다물고 있는 광

---

12 정조의 이름.

경이 똑똑히 들어와 뇌리에 박혔다.

"권력 싸움에는 일가도 자식도 소용없는 일인가?"

이산에게는 그날의 일이 풀리지 않는 의문이었고 풀어야 할 숙제였다.

'내가 왕이 되면 비참하게 돌아가신 아버지를 신원하고 명예를 회복하여 원혼을 풀어드리리라.'

아버지를 죽음에 이르게 한 노론벽파 척신들에 대한 원망과 복수심이 사무쳐왔지만 안으로만 울분을 삭였다. 자신들과 대립하던 사도세자의 제거에 성공한 노론벽파는 그 아들인 이산이 왕위를 계승하는 것도 달가워하지 않는다는 걸 알았기 때문이다. 노론은 아버지 사도세자와 정치 성향이 비슷한 이산을 화근으로 여길 수밖에 없었다. 그래서 이산을 왕세손으로 인정하지 않고 '죄인 사도세자'의 아들이라는 구실을 붙여 호시탐탐 제거할 기회만 노리는 것이었다.

'살아남아야 한다. 저들보다 강해지지 않으면 안 된다. 노론 천지의 조정에서 한순간의 실수는 죽음으로 이어질 수 있다. 한 치의 꼬투리도 잡히지 않게 처신해야 한다.'

이산은 오로지 독서에 몰두했다. 그것이 자신을 지키는 유일한 방법이었다. 독서하며 밤을 새우는 것은 암살을 방지하는 효과도 있었다. 대부분의 암살은 밤중에 이루어지기 때문이다. 이산은 유학뿐 아니라 의학, 주역, 풍수, 농업과 기술, 심지어는 중국을 통해 들어온 서양 학문 등 거의 모든 분야를 섭렵하고 통달했다. 즉위 당시 스물다섯 살 정조의 학문은 어느 대학자에게도 뒤지지 않았다. 당대 최고의 유학자라 자처하던 경연관들이 정조 앞에서 절절매는 일이 다반사였다. 임금과 신하가 학문을 논하며 정국을 협의하는 경연에서 대개는 학문에 밝은 신하가 임금을 가르치지만 정조 때는 그 반대였던 것이다. 정조는 월등한 학문 실력으로 반대 당파 신하들로 가득한 정국을 주도해갈 수 있었다. 왕이 약하고 신하가 강한 '군약신강(君弱臣强)'의 나라 조선에서 정조는 학문을 통하여 왕의 권위를 차곡차곡 다져왔던 것이다.

환하던 달빛이 시나브로 이울어지도록 정조의 회상은 꼬리를 물고 이어졌다.

노론이 끝까지 세손의 즉위를 격렬하게 반대했지만 길고도 험난한 우여곡절 끝에 83세의 영조는 이산의 즉위를 명하고 눈을 감았다. 마침내 1776년 3월 10일에 이산은 경희궁 숭정전 어좌에 올랐다. 이산 나이 스물다섯이었다. 조선 왕조의 왕세손으로 태어나서 스물다섯 해 동안 짊어지고 감내해야 했던 고통과 번민의 무게가 묵직하게 가슴을 짓눌렀다.

"나는 사도세자의 아들이다!"

정조는 어좌에 오르자마자 선포했다. 아니 그것은 선포가 아니었다. 오랫동안 가슴속에 꼭꼭 담아 둔 한과 번민을 토해 낸 것이었다. 아버지 사도세자를 죽인 원흉들이 죽 둘러서 있는 바로 그 자리에서였다. 영조는 죽기 한 달 전 세손 이산과 대신들에게 유훈을 남겼다.

"사도세자의 일은 보지도, 듣지도, 말하지도 말라!"

할아버지의 유훈을 받들기로 약속한 정조이지만 장고 끝에 자신과 아버지 사도세자를 신원하기로 결심했던 것이다. 신하들은 경악했다. 취임 일성으로 사도세자의 아들임을 천명하고 나올 줄이야. 정조가 사도세자의 복수를 단행할 것인가, 즉위를 끝까지 반대한 자들은 어떻게 처리할 것인가……. 바짝 긴장한 노론 신하들의 표정은 흙빛이 되어갔다.

정조의 딜레마는 자신을 둘러싼 정적이자 아버지를 죽인 불구대천지원수들이 할머니 정순왕후의 가문과 어머니 혜경궁 홍씨의 가문으로 얽히고설켜 있는 막강한 노론 세력이라는 것이다. 또한 영조가 남긴 유훈이 있는 터에 아버지 사도세자에 대한 복수는 할아버지의 유훈을 거스르는 불충일 뿐만 아니라 그럴 만한 절대적인 힘도 없었다. 노회한 신하들을 상대하려면 고도의 정치력이 필요했다. 정조는 '아버지를 살해한 원흉의 처단'이 아니라 '즉위를 방해한 역적의 처단'이라는 명분으로 방향을 잡았다. 국왕의 즉위를 방해한 죄는 그 자체로 대역이었기에 명분이 분명했다. 정조는 사도세자라는 말을 한 마디도 입에 올리지 않고 임오년 사화의 주요 주모자들을 처벌했다. 그렇게 과거사 정리가 일단 끝난 듯했다. 그러나 이는 시작에 불과했다. 정조는 즉위 직후 노론 세력으로부터 세 번의 암살 위기를 맞았으며 그 후로도 몇 차례의 쿠데타 위기를 넘겼다. 노론 신하들에게 정조는 임금이 아니었던 것이다. 한양의 조정은 정조에게 기득권 노론 세력이 자신을 죽이고 자신의 왕권을 언제라도 찬탈할 수 있는 곳이었다. 난국에 처해 있던 정조에게 한 줄기 빛이 비쳤다. 바로 화성(華城)이라는 빛줄기였다.

정조는 어릴 때 뇌리에 각인된 임오년 당시의 상황이 떠오를 때마다 아버지의 원혼이 구천을 떠돌고 있을 것만 같았다. 그 억울한 혼을 달래주는 방법의 하나가 천장(遷葬)[13]이었다. 하지만 노론의 극렬한 반대를 부를 것이 뻔했다. 군주를 살해한 원죄 때문일까 사도세자 문제만 나오면 본능적으로 방어 자세가 되는 노론이었다. 정조가 이러한 난제를 어떻게 풀어갈까 고심하던 그 무렵이었다.

"전하, 지금의 영우원 자리[14]는 지세와 토질이 좋지 않으니 이장하는 게 좋을 듯합니다."

박명원이 상소문을 올려 천장을 주청한 것이다. 박명원은 사도세자의 여동생 화평옹주의 남편이다. 사도세자와는 처남·매부 사이였기에 묘소 문제를 제기할 자격이 충분했다. 게다가 충효가 최고의 가치인 시대이니 제아무리 노론이라 해도 이견을 제시할 수가 없는 일이었다. 정

---

13 묘소를 옮김.
14 양주 배봉산.

조는 대신들 앞에 상소문을 읽게 했다. 고모부가 읽어 나가는 상소를 들으며 정조는 북받쳐오는 가슴을 몇 번이고 쓸어내려야 했다.

어느 지관 못지 않게 풍수에 밝은 정조는 묘소 이전에 대해서 수백, 수천 번도 더 생각하여 미리 조사를 했다. 이장지로 점찍어 둔 장소도 있었다. 바로 수원의 뒷산 용복면 화산이다. 옛 신라의 국사 도선이 용이 여의주를 가지고 노는 지세라 하며 극찬한 곳이다. 지명 용복면(龍伏面)도 용이 엎드린 곳이란 뜻이다. 그곳을 살펴본 지사들의 말은 이구동성이었다.

"지극히 길하고 모든 것이 완전한 묏자리입니다."

정조는 이장지에 살던 백성을 팔달산 아래로 이주시켰다.

"내가 밤낮없이 생각하는 것은 민가 이전에 따르는 백성의 처지다. 민심이 즐거워해야 내 마음도 편할 것이다."

내탕금[15]을 풀어 후하게 보상해주었기에 노론에게 국고 낭비라는 공격의 빌미도 주지 않았다. 무엇보다 백성이 만족했다. 묘를 파내니 광중(壙中)[16]에 물이 거의 한 자 남

---

15 임금의 개인 재산.
16 시신이 놓인 구덩이.

짓 고여 있었다.

"아버지가 이승을 떠나지 못하고 떠돌고 계신 것이 틀림없었구나!"

나지막이 중얼거리는 정조의 눈시울이 젖어들었다. 1789년(정조 13년) 석 달 만에 묘원이 완성되자 아버지는 아들의 품에 안겨 새로운 안식처에 도착했다. 뚝섬에는 배다리를 놓아 장관을 이루었다. 정조는 아버지의 새로운 묘호를 현륭원이라 지었다. 현륭원 동쪽에는 용주사를 창건하여 아버지의 외로운 넋을 위로하였다. 이장을 마친 정조는 걸어서 주산(主山) 봉우리까지 올라가 하교했다.

"이곳의 이름이 화산(華山)이니 꽃나무를 많이 심는 것이 좋겠다."

화산은 말 그대로 꽃이 만발한 산이 되었다.

정조는 그동안 틈만 나면 홀로 아버지 무덤을 찾아와 엎드려 울곤 했던 감회에 젖었다. 열한 살에 마지막으로 뵌 뒤주 속의 아버지, 그 참상으로 인한 온 집안의 원통한 절규가 새삼 선명히 떠올라 잠을 뒤척였다. 봄밤의 사위는 잠들었는데 하늘을 내다보니 교교한 달만이 고요히 깨어 정조와 함께하고 있었다. 그러고 보니 원행 일정이 끝나고 한양으로 돌아갈 사흘 후면 환한 보름달이 뜨겠구나.

화성 둘째 날

"어마마마. 부디 너무 흥분하지 마소서."

해 뜨기 전에 행궁을 떠나 현륭원[17]에 다다른 정조는 인삼차를 올리며 어머니의 용태를 보살폈다. 슬픔이 극심하여 마음의 안정을 해치고 건강이 상할까 염려되었던 것이다.

"염려하지 말아요, 잘 할 터이니."

혜경궁 홍씨는 단단히 마음을 먹은 듯 보였지만 두 군주의 부축을 받으며 재실[18]로 드는 순간 무릎이 구겨지며 앞으로 엎어졌다. 그리고는 창자를 쏟아내듯 통곡을 토해 냈다. 스물여덟 살에 남편을 비명에 잃고 열한 살 어린 아들의 왕위를 지키기 위해 무수한 사선의 고비를 넘

---

17 지금의 융릉. 화성시 안녕동 소재
18 무덤이나 사당 옆에 제사를 지내기 위해 지은 집

어온 어미였다. 33년의 세월이 지나서야 자식들의 손을 잡고 남편 앞에 서니 그 통한의 회한이 한꺼번에 터져 나오는 것을 주체할 수가 없었던 것이다. 두 군주도 어머니를 부여잡고 무너졌다. 정조도 그만 참지 못하고 어머니와 두 누이동생을 부둥켜안았다. 그동안 쌓여온 억만 가지 아픔과 슬픔에 간장이 끊어질 듯했다.

"하늘과 땅이 망망하고 저승과 이승이 막막하여 새로이 망극함을 헤아리지 못하였다."

그날 혜경궁 홍씨는 일기에 이렇게 썼다. 왕이 된 아들과 함께 처음으로 남편 앞에 선 감회도 적어 내려갔다.

"당신의 골육을 간신히 보전하여 거느리고 와서 내가 당신 자녀의 성취함을 마음속으로 알렸다. 이 한 부분에서는 내가 살아 있음이 빛난다고 할 수 있다."

현륭원 전배에서 돌아오자 정조는 갑주를 갖추고 팔달산 정상의 서장대에 올랐다. 장용영이 주관하는 주·야간 두 차례의 군사훈련을 참관하기 위해서였다. 정조는 화성을 난공불락의 요새로 건설하고 5,000명의 장용영외영 군사들을 주둔시켰다. 장용영은 정조의 친위부대로서 사상 최고의 무예훈련서『무예도보통지』에 따라 훈련된 막강군대다.『무예도보통지』는 영조 때 사도세자가 추진하던 것을 아들 정조가 직접 연구하고 완성한 실전교육용 군사훈련교재이다. 탁월한 문예군주이지만 백발백중의 신궁이라 할 정도로 무예에도 뛰어난 정조는 조선의 선비들이 문무겸전이란 국초의 기상을 잃고 사변적인 논쟁에만 매달리는 것이 안타까워 전략전술보다는 전투기술을 중심으로 조선무예를 종합한『무예도보통지』를 규장각 검서관 이덕무, 박제가와 장용영 초관 백동수 등에게 명하여 편찬하였던 것이다. 장용영은 정조에 대한 충성심이 무척 강했고 기강이 잘 잡혀 있었다.

"이제 훈련을 시작하라!"

왕명이 떨어지자 장용영의 무력 시위가 시작되었다. 서장대에서 대포를 쏘는 것으로 시작된 주간 훈련은 주조식 절차에 따라 북과 나팔, 명금이 울리는 가운데 3,700여 명의 군사가 두 패로 갈라져 공격 진법, 방어 진법을 일사불란하게 보여주었다. 훈련은 밤에도 야조식 절차에 따라 계속 이어졌다. 성벽을 따라 밝혀놓은 횃불과 성 안의 집집마다 대문에 내건 등불들이 어우러져 성역 전체가 장엄하고 찬란한 광경을 연출했다. 야간 훈련도 주간과 마찬가지로 서장대에서 대포를 쏘는 것으로 시작되었다. 청룡기가 휘날리면 동문에서 대포를 쏘고 나팔을 울렸다. 주작기가 휘날리면 남문, 백호기가 휘날리면 서문, 현무기가 휘날리면 북문에서 각각 대포를 쏘았다. 군사들은 날쌘 범처럼 진법대로 움직였다. 함성과 포성이 천지를 울렸다. 훈련이 끝나고 정조가 활과 화살, 포목으로 장병들을 포상했다. 한껏 사기가 올라 용기백배해진 장병들은 임금님을 연호했다.

"주상 전하, 만세! 만세! 만만세!"

우레와 같은 함성이 성 전역을 흔들었다. 갑주를 갖추고 5,000여 명의 군사를 직접 지휘하는 최고 사령관 정조의 모습을 지켜본 노론 신하들은 움찔했다. 정조의 '지나친 위용'에 겁을 먹은 눈빛들이 불안하게 흔들리고 있었다. 정조는 회심의 미소를 지었다. 속으로 소리쳤다.

'보아라, 이것이 바로 나, 이산의 힘이다!'

정조는 즉위 다음 해에 있었던 그날의 일을 잊을 수가 없었다.

'아무도 나의 편이 없으니 절해고도 같구나.'

정조에게 조정은 정적들만 득시글거리는 이리 떼의 소굴이었다. 고립무원의 깊은 구렁에 혼자 버려진 듯 두려움이 엄습할 때도 있었다. 두려움은 내버려 두면 점점 커져 자신을 삼켜버리는 법이다. 그래서 밤이면 처소에서 책을 붙들었다. 책을 읽다보면 두려운 마음이 가라앉고 자신의 의지를 강하게 붙들 수 있었다. 그날도 정조는 경희궁 존현각에서 밤이 늦도록 잠을 자지 않고 책을 읽었다. 한참을 독서에 빠져 있던 정조는 피로해진 눈을 잠시 쉬려고 고개를 들어 관자놀이를 비비며 지그시 눈을 감았다. 눈을 감으니 귀의 감각에 집중되었다. 순간 바스락……. 기척이 스친 듯했다. 지붕 위였다. 괴한이다! 도처에 도사린 암살 위험에 한시도 촉각을 내려놓을 수 없었던 정조. 자객이 침입했음을 직감했다. 문밖의 경호병을 은밀히 불렀다.

"지붕 위에 괴한이 있다."

경호병들이 신속하게 움직여 지붕과 궁궐 안을 샅샅이 뒤졌지만 자객은 달아나고 없었다. 주위에는 기왓장과 모래가 어지럽게 흩어져 있었다. 자객이 정조의 침소 지붕에 올라가 기왓장을 걷어 내고 침입하여 정조를 암살하려 했던 것이다. 국왕을 살해하려 자객이 침입한 것은 조선 역사상 처음 있는 일이었다. 정조가 더욱 충격을 받은 것은 자객이 정확히 존현각 지붕 위로 올라온 일이다. 수많은 전각 중에 임금의 침소를 안다는 것은 궁내에 내통자 없이는 불가능한 일이었다. 경호 책임자를 교체하고 경호 부대도 개편했다. 그리고 거처를 창덕궁으로 옮겼다. 보름 뒤에 자객은 다시 정조의 침소를 노렸다가 결국 체포되었다. 치밀했던 정조 살해 계획은 사도세자를 죽음으로 몬 정조의 외척이 관련된 노론 세력의 자행이었음이 밝혀졌다. 가슴에 피눈물이 흘렀다. 정조는 어금니를 꽉 깨물었다. 불현듯 왕세손 때 썼던 시가 떠올랐다.

모습을 나타내지 않고 소리만 남기네.	不現其形但遺音
어둠을 타고 들어 주렴 속 깊이 침을 뚫어오는구나.	乘昏游嘴透簾深
세상에 많기도 하다 세력과 이익을 좇기에 바쁜 무리들.	多少世間營營客
세도가들은 또 무슨 저의가 있어 그를 따르는가.	鑽刺朱亦底心

권력을 유지하기 위해 자신을 노리는 문벌 벼슬아치들을 모기에 빗대어 조소한 시였다. 정조의 위기 의식은 어릴 때부터 이렇듯 깊었던 것이다. 이후로도 노론 세력은 갖은 방법으로 정조를 제거하려고 시도했다. 이들에게 강력한 힘을 보여줄 필요가 있었다. 그리고 즉위 19년이 지난 오늘 화성에서, 정조는 그동안 절치부심 연마하고 축적해온 자신의 힘과 위용을 마음껏 드러내어 저들을 두려워 떨게 한 것이다.

화성 셋째 날

봉수당 마당이 이른 아침부터 웅성거리기 시작했다. 이번 원행의 최대 명분인 혜경궁 홍씨의 회갑연 진찬례가 열리는 것이다. 왕실의 일가 종친과 대신들, 의식을 진행할 내명부의 여관(女官)들, 여령(女伶)[19] 들이 모여들었다. 혜경궁 홍씨의 상차림은 내전에 마련되었다. 조화를 꽂아 아름답게 장식한 음식들은 호화롭기 그지없었다. 격조 높은 여민락이 울려 퍼지면서 정조와 혜경궁 홍씨가

---

19 궁중 잔치에서 춤추고 노래하는 여자

등장하였다. 두 모자는 병풍을 펼치고 휘장을 두른 각각의 좌석에 나란히 앉았다. 향불이 피워지고 여관의 구호에 따라 내외명부가 혜경궁 마마에게 절을 올렸다. 낙양춘곡이 연주되고 여령들의 첨수무가 이어졌다. 100여 명의 의빈과 척신들이 절을 했다. 이제 정조가 일어나 어머니께 절을 하고 술을 따라 올리며 기원했다.

"어마마마, 이 자식과 함께 천세 만세를 누립시다."

임금을 뒤이어 모든 사람이 혜경궁 마마의 만수무강을 기원했다.

"천세! 만세! 천만세!"

혜경궁 홍씨 생애 최고의 날이었다. 아들의 즉위 후 역적으로 몰려 뿔뿔이 흩어졌던 일가의 친척들도 모두 모였다. 이보다 기쁠 수 없었다.

"미망인으로서 이루 헤아릴 수 없는 세상의 변천을 무수히 겪으면서 온갖 슬픔과 기쁨을 맛본 내 신세는 옛 역사책에 나오는 태후와 왕비라 해도 나와 견주기 힘들 것이오."

어미가 아들의 손을 마주잡고 그동안 쌓여온 회포를 풀었다.

정조는 어머니께 축시를 지어 바치고 신하들에게도 쓰도록 했다.

우리나라 처음 있는 경사로다.	吾東初有慶
회갑일에 만세의 축수 담아 잔을 올리네.	花甲萬年觴
이날 어머니께서 태어나셨으니	是日虹流屆
구름처럼 모여 축하 잔치를 벌인다.	如雲燕賀張
장락전에서 손자들과 엿을 물고 재미있게 지내시고	含飴長樂殿
노래자의 효행은 피리 소리에 담겨서 울려 퍼지네.	被管老萊章
화봉삼축의 축복 속에	觀華仍餘祝
깊은 은혜가 온 나라에 미치는구나.	覃恩曁八方

잔치는 해가 저문 뒤에도 계속되었다. 행궁 건물 사면에 홍사초롱을 걸고 좌정한 사람의 앞앞이 놋쇠 촛대로 촛불을 밝혀 봉수당은 대낮같이 환했다. 정조는 어머니가 외가의 친지들에 둘러싸인 채 한없이 즐거워하며 화기애애 웃는 모습을 보니 아버지를 죽음으로 몰고 자신까지 호시탐탐 노리던 외가에 대한 묵은 원한이 스르르 봄눈 녹는 듯했다. 성대한 잔치가 끝나갈 무렵에 정조는

전교를 내렸다.

"오늘의 예식은 참으로 천 년에 처음 있는 경사여서 나라의 기쁨이 그지없소. 10년 후 어마마마의 칠순이 되는 갑자년에도 어마마마를 모시어 현륭원에 참배하고 이 봉수당에서 오늘의 의식처럼 식사를 올리겠소. 그러니 오늘 사용한 소반, 탁자, 술잔 등의 물건들을 잘 보관해 두시오."

화성 넷째 날

다음 날 행궁의 정문 신풍루에는 이른 아침부터 동산만 한 솥단지가 내걸리고 수백의 백성들이 모여들었다. 사미 의식[20]이 진행되고 있었다. 모여든 사람들은 홀아비, 과부, 고아, 독자와 빈민들이었다.

"이 죽은 혜경궁 마마께서 내리는 것이니 마음껏 먹도록 하라."

정조는 어머니의 회갑연을 궁중의 잔치만으로 끝내고 싶지 않았다. 잔치는 백성들과 함께할 때 의미가 있는 것

---

20 나라에서 백성들에게 쌀을 나누어주는 일

이었다.

"과인에게도 죽 한 사발을 가져오라."

정조는 가져온 죽을 떠서 맛을 보았다.

"음…… 묽기도 적당하고 구수하고 간이 잘 맞게 끓여졌구나."

정조는 세심하게 행사를 점검하였다. 인근 지역의 사민[21]과 진민[22] 수천 명에게도 어머니 혜경궁 홍씨의 은전을 강조하며 쌀을 보내도록 하교했다. 그런 다음 양로잔치가 열리는 낙남헌으로 행차했다. 낙남헌에는 한양에서부터 따라온 노인 관료들과 화성의 연로한 토호, 양반, 양민 수백 명이 초대되어 있었다. 정조는 이들에게 비단 한 단씩을 하사했다. 음악이 울리고 음식이 나오면서 흥겨운 잔치 한마당이 벌어졌다. 정조는 노인들과 술잔을 주고받으며 정겨움이 한껏 고조되었다.

"공식으로 초대하진 않았으나 저 밖에 구경 온 어르신들에게도 술과 음식을 차려 상을 내어주시오."

행궁 밖에서 부러운 표정만 짓고 있던 구경꾼들의 눈이 휘둥그레졌다.

---

21 홀아비, 과부, 고아, 독자
22 가난한 사람

"아니 우리에게도? 이런 파격을……!"

"우리 임금님 만세! 만세! 만만세!"

정조는 잔치가 끝나고 집으로 돌아가는 노인들에게 남은 음식을 싸 주어 자손들에게도 나누어 먹이게 했다. 온 나라의 구석구석까지 보살피고 싶은 정조의 깊고 넓은 정을 아는 듯 둥실한 달이 떠올라 날 저문 어둠의 곳곳을 비추기 시작했다.

숨 가쁘게 이어온 공식 일정이 모두 끝났다. 정조는 편안한 복장으로 갈아입고 한창 축조 중인 화성을 찬찬히 둘러보기로 했다. 장안문루를 비롯한 몇 군데를 살펴보니 성곽의 형태와 완성도가 나무랄 데 없었다. 화성은 문 앞을 반원 형태로 둘러싼 옹성, 적군이 성벽을 기어오르는 것을 막기 위한 포루와 적루, 이를 감시하는 현안, 화공을 막기 위해 물을 쏟는 장치인 누조 등을 갖춘 당대 최첨단의 성곽이었다. 총 길이 5.4km, 평균 높이 5m 규모였다. 성곽뿐만 아니라 6백 칸에 이르는 행궁을 비롯한 성내의 주요 도로와 시설도 완성되어 가고 있었다. 정조와 정약용, 체재공, 조심태 등의 권력사인방과 백성의 노동력 등 조선의 모든 과학 건설 노동역량이 총동원된 공사였다. 정조의 입에서 찬사가 쏟아졌다.

"참으로 아름답고 장대하다. 사치스러워 보일까 저어되지만 미려한 아름다움은 적에게 위엄을 보여줄 것이다."

정조는 이 첨단 신도시 화성 건설의 첫 삽을 뜨던 때를 회상했다.

"아버지께서 나에게 아들을 주셨구나!"

사도세자의 묘를 화성으로 이장한 다음 해(1790년) 6월에 정조는 수빈 박씨로부터 고대하던 원자를 얻었다. 이 경사가 아버지의 음덕이라고 생각한 정조는 감동의 눈물을 흘리며 원자 탄생을 축하하는 대사면을 내렸다. 이때부터 정조는 천장으로 아버지의 원혼을 위로하는 것을 넘어 화산에서 이주한 백성과 함께할 화성 신도시 건설을 구상했다. 현륭원 이장 사업 때부터 심복 조심태를 수원부사로 임명하여 신도시의 기반을 마련하고 있는 터였다. 자식처럼 키워놓은 초계문신들은 조정에서 괄목상대하게 성장하고 있었다. 조심태가 면밀한 검토 끝에 장계를 올렸다.

"팔달산 아래의 땅이 국세가 크게 트여 큰 고을을 조성하기에 적당한 곳입니다."

팔달산 근처에는 하늘이 예비해놓은 것처럼 질 좋은 석재도 풍부했다. 1794년(정조 18년), 드디어 정조는 화성 신도시 건설의 첫 삽을 떴다. 화성 건설의 첫 삽은 곧 정조가 마음속으로만 품고 있던 원대한 꿈을 구현하겠다는 첫 선언이기도 했다. 이 땅에 다시는 아버지 사도세자와 같은 비극이 발생해서는 안 되는 일이었다.

'갑자년이 되면 세자가 성인이 된다. 그때 내가 물러나 상왕이 되고 새로 등극한 세자를 통해 아버지를 왕으로 추존하면 나는 할아버지의 유훈을 어기는 것이 아니다. 세자가 나의 묵은 비원을 이루어주면 나도 죄인의 자식이라는 굴레를 벗어나게 된다. 이것은 나와 세자 모두 실로 아름다운 효를 이루는 일이다. 그날이 오면 철옹성이 되어 있을 이곳 화성으로 와서 옛 태종 할아버지처럼 막강한 상왕이 되어 천하를 경영하리라.'

저 기득권 세력들의 다툼과 살육이 끊이지 않는 한양 소굴을 떠나, 더불어 화합하는 대동의 사회를 화성에서 만들어갈 계획이었다. 노론이니 소론이니 남인이니 북인이니 적자니 서자니 중앙이니 지방이니 갈리지 않고 서로 싸우고 죽이지 않는 나라를 만들어갈 계획이었다. 대동화합 조선의 개혁은 반드시 화성에서 이루어질 것이었다.

 정조는 어젯밤 회갑연이 끝나 사람들이 돌아간 후, 세자 공(李玜)[23]을 데리고 장락전에 들러 '갑자년(1804년)구상'의 속내를 어머니께 털어놓았다.
 "10년 후 갑자년이면 세자의 나이가 열다섯입니다. 관례[24]를 치르고 왕위를 잇기에 충분한 나이지요. 그때는 외조부님[25]의 누명이 풀릴 것이고 어마마마께서는 저보다 세자의 효양을 더 많이 받으실 것입니다."
 정조는 어머니에 대한 지극한 효심으로써 아버지 사도세자의 죽음과 관련되고 자신의 모역에도 관련된 철천지원수 외가 식구들을 복권시키기로 약속한 것이다. 혜경궁 홍씨 인생에 이 같은 기쁨이 일찍이 없었다. "그때 내 나이 칠십이오. 오늘의 약조를 어기면 어찌시려구

---

23 훗날 순조
24 성인식
25 홍봉한

요?"

믿기지 않아 재차 약속을 확인하는 어머니를 보니 아들 정조의 마음이 찌르르 아려왔다. 한평생 친정과 남편과 아들 사이에서 한 시라도 마음 졸이지 않은 날이 없었을 어머니가 새삼 측은해졌던 것이다.

"설마 제가 칠십 노친의 사기를 북돋우지 못할망정 사기를 치겠습니까?"

할머니의 불안을 달래주려는 아버지의 재치 있는 농에 아들 공이 까르르 웃었다. 두 모자도 모처럼 호탕하게 웃었다.

어젯밤 일을 회상하는 정조의 입가에 흐뭇한 미소가 배어 나왔다. 어느새 화홍문을 지나 언덕길을 따라 방화수류정에 이르렀다. 꽃을 찾고 버들을 따라 노닌다는 이름 그대로 빼어나게 우아하고 아름다운 누각이었다. 멀리 광교산에서 흘러든 버들천의 청량한 물소리가 피로한 귀를 씻어주고 정자를 돌아드는 상쾌한 바람이 지친 마음을 씻어주었다. 성대한 행사를 무사히 끝냈다는 안도감에 한숨을 내려놓으며 정조는 정자에 올라 용연을 굽어보았다. 하늘의 달이 물의 결결마다 내려앉아 골고루 반짝이고 있었다. 늘어진 버들가지와 어우러져 더욱 황홀해진 달빛이었다. 연못 안에 담긴 달을 한동안 지켜보던 정조는 저 달의 행로가 곧 자신이 걸어온 운명과 같다는 생각이 들었다. 오늘의 저 달은 내일의 만월을 향하여 전력을 다해 차오르고 있는 중이었다. 어둠에 먹혀들면서 점점 이지러지며 완전히 쇠락하는 듯하다가도 끝내 소멸하지 않고 기어이 차올라 만물에 골고루 스며드는 하나의 달……. 정조의 입에서 깨달음의 탄성이 흘러나왔다.

"달은 하나이고, 물의 종류는 수만이다. 물이 달을 담으니 앞에 흐르는 시내에도 달이요 뒤에 흐르는 시내에도 달이다. 그리하여 달과 시내의 수가 같게 되나니, 시내가 만 개면 달 역시 만 개이다. 이렇게 되는 이치는 하늘에 있는 달이 진실로 하나뿐이기 때문이다. …… 물은 세상 사람들이요, …… 달은 태극이요, 태극은 나다. 나는 만천명월주인옹(萬川明月主人翁)이다!"

정조는 현륭원 쪽을 향해 몸을 돌렸다. 아·바·마·마……!

나직이 소리 내어 또박또박 아버지를 불러보았다. 그렇게 하니 아버지가 더욱 사무치게 그리웠다.

혼정신성 다하지 못한 어버이 사모하여	晨昏不盡慕
오늘 또 화성을 찾아와 보니	此日又華城
원침엔 가랑비 부슬부슬 내리고	靂霂寢園雨
재전에서 배회하는 그리운 마음 깊구나.	徘徊齋殿情
사흘 밤 건디기는 어려웠으나	若爲三夜宿
그래도 초상화 한 폭은 이루었다네.	猶有七分成
지지대 돌아가는 길에 머리 들어	矯首遲遲路
벽오동 같은 구름 바라보니 속정이 일어나는구나.	梧雲望裏生

내일이면 완전하게 차오를 둥근 달 속에서 아버지 사도세자가 처음으로 환하게 웃고 있었다.

Part 4.

이옥 편

1760~1815

조선 후기의 문인.

   이옥은 서른 살에 생원시에 합격한 뒤 성균관 유생이 되었다. 그 시절에 이옥이 쓴 소설 문체를 성균관 유생들이 답습했다고 전해진다. 그 폐해가 극심해 정조가 문체를 개혁한 뒤에 과거에 나아가도록 명했지만 다시 나간 과거에서도 문체를 고치지 않아 군대에 편입되도록 명을 받았다.

   이옥의 저술은 친구인 김려가 교정하여 『담정총서(潭庭叢書)』에 수록한 11권의 산문과 『예림잡패(藝林雜佩)』에 시 창작론과 함께 남긴 이언(俚諺) 65수가 전한다. 이밖에 『봉성문여(鳳城文餘)』, 『동상기(東床記)』, 『백운필(白雲筆)』, 『연경(烟經)』 등이 있다. 『담정총서(潭庭叢書)』에 실린 11권의 산문은 전(傳) 23편을 비롯하여 문학사적인 의의를 지닌 글이 상당수이다.

   이옥은 정조의 문체반정(文體反正)의 희생양이 되었으나 그가 남긴 산문과 시는 조선 후기 문학의 주체적이고 능동적인 경향을 대변하는 작품으로 평가받고 있다.

나, 조선의 선비 이옥!

휘민

"여보게 이옥! 안에 있는가?"

여명이 밝아오는 방문 너머로 익숙한 목소리가 들렸다. 성균관에 나가기 위해 옷매무새를 다듬고 있던 이옥은 얼른 방문을 열었다. 댓돌 위에서 가쁜 숨을 몰아쉬고 있는 사람은 김려였다.

"아니, 자네가 이 시간에 웬일인가? 이른 아침부터 무슨 급한 일이 있기에 이리 바람처럼 달려왔는가?"

입동이 가까워지면서 아침 공기가 제법 쌀쌀해졌다. 하지만 김려의 이마에는 구슬땀이 맺혀 있었다.

"자네, 그 소식 들었는가?"

방으로 들어서며 김려가 물었다.

"무슨 소식 말인가?"

"지난번에 제출한 응제문[1] 말일세. 어제 자네의 글 때문에 전하께서 크게 화를 내셨다고 하네."

너무나 갑작스러운 일이었다. 놀라움과 당혹감이 교차하면서 이옥의 가슴이 방망이질을 시작했다. 무슨 이유였을까? 그러나 짚이는 데가 없었다.

"공자가 『시경』을 편찬하면서 음란하기로 이름 높은 「정풍」과 「위풍」을 버리지 않은 까닭을 묻는 문제 아니었나. 성균관 유생 모두가 제출한 응제문 중에 왜 유독 내 글이 주상의 노여움을 샀단 말인가?"

"그게 말일세…… 문체 때문이라네. 자네가 제출한 응제문의 글귀들이 패관 소품에나 어울리는 문체라서 그렇다고 하더군."

이옥은 몽둥이로 뒤통수를 얻어맞은 듯했다.

즉위 후 정조는 성균관 유생들이 치르는 모의시험과 반시[2]의 문제를 직접 출제하고 있었다. 그뿐만이 아니었다. 하나하나 응제문을 검토하고 비평하는 일까지도 세심히 챙겼다. 그렇지만 문제를 문제 삼은 일은 이번이 처음이

---

1 답안지를 뜻하는 옛말.
2 성균관 유생들이 정기적으로 치르는 시험. 반과라고도 함.

었다.

"이보게 이옥! 자네 괜찮은가?"

이옥의 반응을 살피던 김려가 조심스레 물었다. 이옥은 말없이 고개를 끄덕였다.

"여기서 이러고 있을 때가 아니네. 얼른 채비를 하게나. 대사성[3] 영감도 단단히 화가 난 모양일세."

하루아침에 이 무슨 날벼락일까. 그러나 더는 지체할 겨를이 없었다.

이옥은 서둘러 책장에서 서책 몇 권을 꺼냈다. 그 바람에 고서 사이에 끼워 두었던 책 한 권이 바닥에 떨어졌다. 이옥과 김려의 눈이 동시에 그 책에 꽂혔다. 『열하일기』였다. 놀란 이옥은 황급히 책을 집으려 했다. 하지만 김려의 손이 더 빨랐다.

"이건 연암[4]의 책 아닌가? 자네도 이 책을 읽고 있었나?"

김려가 물었다.

"아니, 그럼 자네도?"

이번에는 이옥이 김려를 바라보며 물었다. 둘 사이에는

---

3 성균관의 우두머리.
4 조선 후기 실학자이자 문인인 박지원의 호.

알 수 없는 안도감이 흘렀다. 갑자기 김려가 이옥 쪽으로 몸을 기울여왔다.

"자네 몰랐나? 요즘 한양의 유생들치고 연암의 글 한두 편 안 읽어본 사람이 있던가. 그뿐만이 아니네. 내 듣자 하니 명문가의 자제들은 물론이고, 규장각의 문신들까지 소설을 읽고 있다고 하더군. 그러니 유학의 경전을 모범으로 삼고 있는 주상의 눈에 이런 세태가 달가울 리가 있겠나."

"그런다고 세상의 흐름을 바꿀 수는 없지. 홍대용과 박지원이 북경에 다녀오고 서학[5]이 들어온 지가 벌써 언젠데……."

이옥의 발걸음은 무거웠다. 지난번 모의시험에서 수석을 차지한 뒤 정조를 알현했던 게 불과 한 달 전이었다. 그날 임금은 기품 있고 자애로운 모습으로 다가왔다. 이옥에게 지금까지 쓴 글이 얼마나 되는지 묻기도 했다. 문체 얘기는 꺼낸 적도 없었다. 하지만 지금은 모든 게 혼란스러웠다.

그날 이옥은 불경스럽고 괴이한 문체를 고치라는 정조

---

5 서양의 학문. 조선 시대에는 천주학을 일컬음.

의 엄명을 받았다. 매일 사륙문[6] 50수를 지으라는 벌도 주어졌다. 문체를 완전히 고치기 전에는 과거에 응시할 수 없다 했다.

성균관 교관이 정조의 말을 전하는 동안 이옥의 머릿속에는 남양[7]에 있는 아버지와 처자식의 얼굴이 떠올랐다. 생원 시험에 합격한 뒤, 과거 급제 하나만을 바라고 외로운 서울살이를 견디고 있던 터였다. 하지만 길도 없는 사막 한가운데 서 있는 듯 눈앞이 아득해졌다.

1792년 10월 19일, 그렇게 문체반정[8]의 서막이 올랐다. 이옥의 나이 서른셋이었다.

며칠이 흘렀다. 다음 달로 다가온 모의시험에 대해 논의하기 위해 정조가 대사성을 불렀다. 대사성이 편전[9]에 들었을 때, 정조의 책상에는 성균관 유생들이 제출한 표

---

6 당나라에서 유행하였던 문체. 네 글자와 여섯 글자를 기본으로 하고 대구법을 쓰며, 압운이 많은 것이 특징임.

7 현재의 화성시 남양면.

8 조선 정조 때에 유행한 한문 문체를 개혁하여 순정고문醇正古文으로 환원시키려고 한 일련의 사건 및 그 정책.

9 임금이 평상시에 거주하면서 나랏일을 하는 궁전.

문(表文)[10]이 놓여 있었다. 정조는 그중 몇 개를 들춰 보고 있었다. 그러다가 이옥의 글에서 시선이 멈추었다.

"아니, 이 자는 아직도 소품체의 문장을 쓴단 말인가! 대사성, 이게 어찌 된 일인가?"

대사성은 몸 둘 바를 몰라 황급히 머리를 조아렸다.

"내 일찍이 소품의 해악은 삿된 학문보다 심하다 이르지 않았느냐. 소품을 읽다보면 성인을 그릇되이 여기고 경전에 반대하며 윤리를 무시하고야 말 것이다. 그러니 사학을 제거하려면 먼저 소품을 제거해야 마땅하거늘, 어찌 이옥이 지은 표문은 여전히 소품의 체재를 본받고 있는가 말이다!"

노여움 가득한 얼굴로 정조가 대사성을 추궁했다.

"송구하옵니다. 전하. 다시는 이런 일이 없도록 하겠습니다."

대사성은 연신 머리를 조아렸다.

"일전에는 규장각의 문신 남공철이 패관 문자[11]를 인용

---

10 신하가 자신의 생각을 임금에게 올린 글.
11 정통 산문 문체인 고문古文과 달리 길이가 짧고 주제가 가벼우며 감성적인 산문 문장. 주로 소설이나 야담 같은 서사물이나 생활 주변의 소소한 이야기를 가볍게 풀어낸 소품문에 쓰임.

하더니 요사이 어찌 이리 불경스러운 문체들을 쓴단 말인가. 특별히 단속하여 다시는 이런 일이 없도록 하라!"

정조가 이옥의 표문을 바닥에 내던지며 말했다. 정조는 당시 유행하던 새로운 문체를 용인하지 않았다. 정조가 보기에 사사로운 개인의 감정과 견해를 드러내는 소품은 유교 사회의 문풍과 맞지 않는 불온한 글이었다. 소품체는 올바른 학문적 범주를 벗어난 이단의 문체였다. 더욱이 당시는 노론[12]이 시파와 벽파로 나뉘어 치열하게 대립하던 시기였다. 정조에게는 흐트러지는 나라의 기강을 바로잡고 왕권을 넘보는 세력을 견제할 묘책이 필요했다. 정조가 문체반정을 단행한 데에는 이렇듯 복잡한 셈법이 자리하고 있었다.

대사성이 정조와 독대하는 동안 이옥은 홀로 기숙사 뒤뜰을 걷고 있었다. 사륙문 과제 마감이 오늘인데 더는 책상 앞에 앉아 있을 수 없었다. 모범 답안처럼 정해진 틀에 맞춰 옛글을 모방하는 글쓰기에는 도무지 흥이 나지 않았다. 이옥이 생각하기에 과거 시험은 결국 자기 글의

---

12 조선 시대 당파 중 하나로 17세기 말부터 권력을 잡고 조선의 정치를 주도했다. 사도세자를 동정한 이들은 시파時派, 세자를 무고하고 비방한 이들은 벽파僻派였다.

개성을 죽이고 생기 없는 표준체를 따르는 것과 다르지 않았다. 하지만 서얼 출신이라는 꼬리표를 떼려면 과거 밖에는 달리 방법이 없었다.

'버둥거려봤자 별수 없는 버러지 같은 신세로구나.'

이옥의 입에서 한숨이 새어 나왔다. 한숨 사이로 이제 막 걸음마를 떼기 시작한 우태의 얼굴이 어른거렸다. 괴로운 마음에 이옥은 눈을 감았다. 담장 너머에서 조릿대를 흔드는 바람 소리가 들려왔다. 그 소리에 마음이 조금 풀어져 이옥은 한동안 뜰을 거닐었다.

며칠 사이 바람이 제법 차가워져 있었다. 된서리를 맞은 단풍잎들이 바닥을 뒹굴고 있었다. 이옥은 단풍잎 하나를 주워 들었다. 벌레가 갉아 먹었는지 앙상한 잎맥이 그대로 드러나 있었다. 어느 여름날이었을까. 단풍이 들기도 전에 갉아 먹힌 게 분명했다. 이옥은 구멍이 숭숭 뚫린 그 잎사귀가 꼭 자신의 마음인 것만 같았다.

불경스럽고 괴이한 문체. 정조에게 문책을 받은 뒤 이옥의 머릿속에서 한시도 떠나지 않는 말이었다. 하지만 임금의 말을 떠올릴수록 이옥의 가슴 한구석에서는 반감이 치밀었다.

'나는 요즘 세상 사람이다. 나 스스로 나의 시, 나의 문장을 짓는데 춘추 시대의 고문이 무슨 소용이며, 한나라 때의 문체에 왜 얽매여야 한단 말인가. 고문을 배우면서 허위에 빠지는 것보다야, 지금의 글을 배워 유용함을 추구하는 것이 더 나은 게 아닌가?'

그로부터 2년이 지난 어느 겨울이었다. 이옥이 기숙사를 나서는데 아침부터 까마귀가 울었다. 검은 새는 앙상한 나뭇가지에 앉아 있었다. 새의 깃털이 너무 검어서 이옥은 자신도 모르게 진저리를 쳤다. 왠지 불길한 예감이 들었다.

아니나 다를까. 조회 시간에 최근 부임한 대사성 서영보가 나타났다. 여느 때 같으면 성균관 박사가 주재하는 조회인데 오늘은 또 무슨 일일까. 명륜당에 모여 있는 유생들이 술렁이기 시작했다.

"이옥, 김려, 강이천, 조익훈은 앞으로 나와!"

성균관 박사에게 이름이 불린 네 사람이 한 발짝 앞으로 나섰다. 얼굴에 긴장감이 가득했다.

"자네들이 왜 불려 나왔다고 생각하는가?"

대사성의 불호령이 떨어졌다.

"이번에 실시한 시험 결과에 대해 주상 전하의 우려가 아주 크시다. 전하께서 순정한 고문의 문풍을 회복하고자 서학이나 패관 소설, 사사로운 개인 문집 따위를 읽는 것을 금하라 명하셨거늘, 어찌 자네들의 문체는 아직도 그 모양인가! 전하께서 문체를 단속하라 명하신 게 벌써 2년 전이다. 그런데 대체 이런 삿된 문체가 왜 아직도 성균관에서 횡행하는가 이 말이다!"

호령하는 대사성의 미간이 심하게 일그러졌다.

"이옥이 누구인가?"

대사성이 네 사람을 둘러보며 물었다.

김려 옆에 서 있던 이옥이 머리를 조아리며 한 발짝 앞으로 나섰다.

"자네는 어느 가문 소생인가? 내 일찍이 자네 이름을 들어본 적이 없네만⋯⋯."

이옥을 위아래로 훑어보며 대사성이 물었다.

"예 영감. 소생은 그저 남양 출신의 한미한 유생일 따름이옵니다. 외람되게도 소생에게는 내세울 만한 가문이 없사옵니다."

이옥이 숨을 한 번 고른 뒤 대답했다. 하지만 나지막한 목소리에는 힘이 실려 있었다.

이옥의 대답에 명륜당 안에 있던 유생들이 수군거리기 시작했다. 실력으로는 누구한테도 뒤지지 않는 이옥이었다. 하지만 그가 남헌에서 생활하는 남반(南班)¹³임을 유생들은 모르지 않았다. 서자 출신 유생들이 기숙하는 남헌과 달리, 동재와 서재는 양반가 자제들의 차지였다.

눈치 빠른 대사성은 이내 분위기를 파악했다.

"그런가? 그렇다면 한미한 일개 유생 따위가 어찌 감히 전하와 나를 이토록 욕보인단 말인가! 전하께서 자네에게는 특별 과제를 내주셨다. 앞으로 열흘 동안 율시¹⁴ 100편을 지어 바치도록 하라. 그래도 문체가 개선되지 않으면 경기도 연안으로 충군(充軍)¹⁵을 보내라고 하셨으니 그리 알거라!"

얼굴이 달아오른 대사성이 팽하니 돌아섰다. 그리고 서둘러 명륜당을 빠져나갔다. 이옥은 그 자리에서 얼어붙은 듯 움직이지 못했다.

---

13 문文·무武 양반兩班에 들지 못하는 벼슬아치.
14 한시 형식의 하나로 4운 8구로 되어 있다.
15 조선 시대에 죄를 범한 자를 군역에 복무하도록 한 형벌.

'충군, 충군이라니. 성균관 유생 그 누구도 지지 않는 군역의 짐을 어찌 나만 져야 한단 말인가.'

이옥의 낙담은 더욱 커져만 갔다.

불행 중 다행이었다. 이옥이 가까스로 충군을 면한 것이다. 유생들 앞에서는 불호령을 내렸지만 서영보 영감이 손을 쓴 듯했다. 백여 명이 넘는 유생들 앞에서 문책을 당한 터라 이옥도 이번에는 단단히 마음먹었다. 날마다 율시를 15수씩 지어 일주일여 만에 과제를 마무리했다.

그러나 이옥은 점점 말이 없어졌다. 명륜당에서도 꼭 필요한 말이 아니면 삼갔다. 김려, 강이천과 어울려 가끔 술을 마시는 것만이 유일한 낙이었다.

그날은 백탑[16] 근처 주점에서 모였다. 저녁나절이었지만 아직 뜨거운 열기가 남아 있었다. 그들은 일찌감치 정자에 자리를 잡았다.

술잔이 몇 차례 돌았을 때였다.

"8월에 영란제[17]가 열린다는데 자네들 들었는가?"

이옥의 잔에 술을 따르며 강이천이 말했다.

---

16 현재 탑골공원에 있는 원각사지십층석탑을 조선 시대에 부르던 말.

17 임금의 행차시 시행되는 성균관 유생들의 백일장.

"들었네. 이번에도 성균관 유생들이 모두 참여하겠지?"

술잔을 내려놓으며 김려가 말했다.

"당연하지 않겠나. 영란제에서 장원을 하면 임금의 눈에 드는 건 시간 문제 아닌가?"

강이천이 말했다.

두 사람 사이에 말이 오갔지만 이옥은 묵묵히 술잔만 비우고 있었다. 그의 시선은 자주 밤하늘에 떠오른 달을 향하고 있었다. 온화한 달빛이 불콰해진 이옥의 얼굴을 비추고 있었다.

"여보게 이옥! 어쩌면 이번 백일장이 자네한테 좋은 기회가 될 수도 있지 않겠나? 이참에 전하의 노여움을 풀어보게."

김려가 걱정스러운 얼굴로 이옥을 바라보며 말했다.

"나는 이미 길을 잃은 사람이네. 나에 대한 주상의 노여움이 어디 어제오늘 일인가. 됐네. 오늘은 그런 얘긴 하고 싶지 않네. 저기 좀 보게나. 닦아놓은 은거울처럼 달빛이 참 곱기도 하네 그려."

말은 이렇게 했지만 이옥의 심경은 복잡했다. 사실 불경스러운 문체 때문에 정조의 책망을 받은 것은 이옥만

이 아니었다. 그런데 구렁이 담 넘어가듯 양반가의 자제들은 논란의 중심에서 슬그머니 빠져나갔다. 그도 그럴 것이 남공철은 정조의 스승 남유용의 아들이었고, 조익훈은 영조 임금 때 영의정을 지낸 조현명의 손자였다. 마주 앉은 두 친구도 사정은 다르지 않았다. 열다섯에 성균관에 들어온 김려는 한양 명문가의 자제였고, 강이천은 영조 임금의 총애를 받은 화가이자 문신인 강세황의 손자가 아니던가.

그 무렵 정조는 불순한 문체를 유행시킨 배후로 연암 박지원과 그의 저서『열하일기』를 지목했다. 하지만 연암은 조정에서 막강한 권력을 쥐고 있는 노론 출신이었다. 임금이라 해도 섣불리 연암을 문책할 수는 없었다. 그렇다고 문풍을 타락시킨 연암을 그냥 둘 수도 없었다. 이에 정조는 연암에게 순수하고 바른 글을 지어 바치면 벼슬을 주겠다고 했다. 견책이 아니라 회유였다. 그러나 연암은 한사코 버텼다. 견책을 받은 몸이 새로 글을 지어 이전의 잘못을 덮으려 해서는 안 된다는 게 그 이유였다. 끝내 연암은 바른 글은커녕 반성문 하나 제출하지 않았다.

'결국 나만 남은 것인가.'

자신의 처지를 생각하니 이옥은 사막처럼 외로워졌다. 절친한 벗들이 곁에 있지만 자신의 내면에서 끌어 오르는 울분과 외로움에 대해서는 말할 수 없었다.

 그날 밤, 이옥은 술에 취해 남헌으로 돌아왔다. 잠시 목침을 베고 누웠는데 밖에서 누군가 '매암!' 하고 부르는 듯했다. 매암(梅庵), 오랫동안 잊고 있던 이름이었다. 매암은 이옥이 고향에 살 때 지은 자신의 호였다.

 술에 취한 듯 잠에 취한 듯 몽롱한 가운데 어느새 이옥은 매화산 아래 있는 고향 집에 와 있었다. 마루에는 백로처럼 머리가 하얀 아버지가 비스듬히 앉아 계시고, 방에는 처자식이 곤히 잠들어 있었다. 그 모습이 너무도 생생하여 이옥은 가만히 손을 뻗어 늙은 아버지의 얼굴을 쓸어보았다. 하지만 아무것도 잡히지 않았다. 불현듯 눈앞의 풍경이 아득하게만 느껴졌다. 그리고 이내 그리운 가족의 모습은 연기처럼 사라지고 말았다. 신기루를 본 것일까. 이옥은 꿈속에서도 두려웠다.

"아버님, 아버님!"

 절규에 가까운 자신의 목소리에 놀라 이옥이 눈을 번쩍

떴다. 식은땀이 등줄기를 타고 흘러내리고 있었다. 방 안을 둘러보았지만 사방은 온통 어둠뿐이었다.

별빛 하나 없는 캄캄한 사막에서 깨어난 듯했다. 그 적막한 고독 속에서 이옥은 정신을 가다듬고 붓을 들었다. 종이 위에 '蟬告(선고)[18]' 두 글자를 썼다.

얼마나 썼을까. 흑마처럼 종이 위를 내달리던 이옥의 붓이 멈추었다.

세상에 그대가 없다고 하여 손실될 바가 없고, 그대에게 세상이 없어서 또한 욕될 바가 없다. 그러니 그대는 그대의 뜻을 행하고, 그대가 좋아하는 것을 따를 것이다. 그대가 돌아가지 않으면 누가 돌아갈 것인가? 매암이여, 매암이여, 마땅히 돌아갈 것이로다.[19]

속에 쌓인 울분을 토해내듯 이옥의 붓이 떨고 있었다. 그때, 어디서 날아왔는지 문밖에서 매미가 울었다. 매미가 이옥에게 묻고 있는 듯했다. 매암, 매암! 그대 어찌 돌아가지 않으리오? 이옥은 두려웠다. 자기 안의 두려움에

18 매미의 권고라는 뜻.
19 이옥, 「매미의 권고」, 『완역 이옥전집 2: 그물을 찢어버린 어부』, 휴머니스트, 2009, 207쪽.

게 무릎 꿇는 날이 올까 봐.

김려의 말처럼 8월 초순에 영란제가 열렸다. 시험장에는 정조가 직접 나와 있었다. 이번에는 기필코 명예를 회복하리라 이옥은 다짐했다. 그러나 기대와 달리 결과는 참담했다. 정조는 이번에도 이옥의 문체가 괴이하다고 질타했다.

'전하께서는 어찌하여 일개 유생의 문체를 가지고 이토록 집요하게 물고 늘어진단 말인가?'

기숙사로 돌아온 이옥은 정조의 얼굴을 떠올렸다. 그 온화한 듯 기품 있는 얼굴 뒤에 임금은 과연 무엇을 숨기고 있는 것일까. 사태가 여기까지 이르니 이옥은 정조의 저의를 의심하지 않을 수 없었다.

하지만 상대는 조선의 임금이었다. 가문도 변변치 않은 한낱 유생 따위가 감당할 수 있는 인물이 아니었다. 단단히 움켜쥔 이옥의 두 주먹이 부르르 떨고 있었다.

억울했다. 문체란 모름지기 글쓴이와 시대, 문장의 종류에 따라 달라지기 마련 아닌가. 그런데 왜 임금은 매번 개성을 묵살하려고만 드는가. 심란한 마음에 이옥은 고개를 가로저었다.

다음 날, 이옥에게 또다시 벌이 내려졌다. 지난번처럼 사륙문이나 율시를 짓게 했다면 좋았겠지만 이번에는 달랐다. 정조는 이옥에게 정거(停擧)[20]를 명했다. 과거에 응시할 수 없게 된 것이다. 꿈을 빼앗긴 자는 짐승처럼 울부짖었다. 과거 하나 바라고 입때껏 버텨왔던 이옥이었다. 그런데 이제 그 실낱 같은 희망조차 가질 수 없게 된 것이다. 이옥의 마음은 정조에 대한 원망으로 들끓고 있었다.

요사이 이옥은 잠을 못 이루는 날이 많았다. 그런 날이면 한밤중에도 붓을 들었다. 오직 자유 의지로 글을 쓰고 있을 때만, 그는 자신이 살아 있다는 걸 느꼈다.

가라지[21]도 풀이요, 곡식 또한 풀이다. 하늘이 낳은 것과 땅이 키우고자 하는 것이 어찌 풀에게서 피차 구별이 있겠는가? 오직 사람만이 그렇지 아니하여 '무슨 곡식', '무슨 가라지'라고 구별하여 이름을 짓고 그 애정과 미움을 표현하니, 또한 이해 관계일 뿐이지, 천지의 정(情)은 아니다. 그러나 나에게 이로운 것은 은혜롭게 대하지 않을 수

20　일정한 기간 동안 과거에 응시할 기회를 박탈하는 것.
21　강아지풀의 다른 이름.

없으며, 나의 이익에 피해를 주는 것은 원수로 대하지 않을 수 없는 것이니, 또한 만물의 정(情)이 진실로 그러한 것이다. 그런데 굳이 나에게 피해를 입히지 않는다면 내 어찌 반드시 가혹하게 그것을 없애려 하겠는가?[22]

며칠이 흘렀다. 정조가 갑자기 벌을 바꾸었다. 정거를 거두고 충군을 명했다. 이제 이옥은 충청도 정산현[23]에 편적(編籍)[24]을 가야 했다. 이유는 알 수 없었다. 지난해는 간신히 모면했던 군역이었건만 이번에는 피할 수 없었다.

이옥이 정산현으로 충군을 떠나는 날이었다. 아침 일찍 김려와 강이천이 배웅을 나왔다. 두 친구는 말이 없었다. 하지만 침울한 그들과 달리 이옥은 담담했다.

"그래도 정거에 비하면 다행 아닌가. 기다리게. 내 반드시 과거에 급제하여 다시 서울로 돌아올 터이니."

이옥의 얼굴에 비장함이 서렸다.

한 달 뒤, 정산현에서 상경한 이옥은 과거를 치렀다. 하지만 예상치 못한 일이 또 이옥을 기다리고 있었다. 정조

---

22 이옥, 「가라지에게서 깨닫다」, 앞의 책, 256-257쪽.
23 현재 충청남도 청양군.
24 귀양 간 지방에 죄수의 호적을 편입시키는 것.

에겐 이옥이 눈엣가시였을까. 이번에도 정조는 이옥의 문체를 문제 삼았다. 또다시 이옥에게 충군의 명이 떨어졌다. 목적지는 경상도 삼가현.[25] 신해년(1791)에 상경하면서 품었던 이옥의 꿈은 그렇게 점점 신기루처럼 멀어지고 있었다.

천 길 낭떠러지에 서 있는 것 같았다. 하지만 이옥은 고향을 떠나올 때 매안의 마루에 걸어두었던 희망마저 놓아버릴 수 없었다. 자신의 과거 급제에 집안의 명운이 달려 있었다. 서자의 아픔을 자식들에게 대물림할 수는 없는 노릇이었다. 이옥은 다시 일어났다. 끝이라고 생각했던 절벽에 난간을 세우기로 했다. 그렇게 배수진을 친 장수의 심정으로 이옥은 다시 운명 앞에 섰다.

삼가현에서 머물다가 서울로 돌아온 뒤 이옥은 곧바로 과거 준비에 매달렸다. 그 무렵 남양에서 아버지의 병환이 악화되었다는 전갈이 왔다. 하지만 내려갈 수 없었다. 아버지가 걱정될수록 이옥은 더욱 이를 악물었다.

단지 출세만을 위해 과거에 목을 매는 것은 아니었다.

---

25 현재 경상남도 합천군.

자신의 글이 그르지 않았다는 것을 인정받고 싶었다. 다른 누구도 아닌 임금에게, 자신의 존재를 송두리째 부정하는 임금에게 그걸 증명해 보이고 싶었다. 여기, 조선의 선비 이옥이 살아 있다고. 누구도 자신의 기개를 꺾을 수 없다고 큰 소리로 외치고 싶었다.

괴로움 속에서 해가 바뀌었고, 2월에 이옥은 별시(別試)[26]에 응시했다. 노력은 헛되지 않았다. 수석이었다. 하지만 기쁨은 너무 쉽게 절망으로 낯을 바꾸었다. 이옥이 지은 글이 근래의 격식에 어긋난다고 하여 정조가 이옥을 꼴등으로 강등시켜 버린 것이다.

군법에는 충군된 자가 과거에 붙으면 죄를 용서해준다고 하였지만, 정조의 서슬 퍼런 노기 앞에서는 군법도 통하지 않았다. 임금이 곧 법이었다. 이옥은 괴로웠다. 절망 끝에서 붙잡은 난간이 속수무책으로 무너져 내리고 있었다. 더 이상 한양에 머물 이유가 없었다.

이옥은 고향에 돌아왔다. 3월이었다. 그사이 아버지의 병환은 더 깊어져 있었다. 의원이 몇 차례 다녀갔지만 고개만 가로저을 뿐이었다. 그립던 아들을 만났다는 안도

<hr />

26 나라에 경사가 있거나 인재의 등용이 필요한 경우 임시로 시행한 과거.

감 때문이었을까. 열이 오르내리기를 반복하는 동안 아버지는 마치 꿈속을 거니는 듯 며칠씩 혼수상태에 빠져들곤 했다. 이옥은 이 모든 게 자신의 탓인 것만 같았다. 거적자리에서 울부짖으며 구차하게 목숨을 연명하고 있는 듯한 자신이 견딜 수 없이 부끄러웠다.

부끄러움과 절망이 교차하는 날들이 흘러갔다. 그사이 매화산 기슭에 철쭉이 피어나기 시작했다. 하지만 그 환한 꽃들을 보지 못한 채 아버지는 숨을 거두었다.

산빛은 점점 초록으로 물들어가고 있었다. 하지만 이옥의 하늘에는 타다 남은 숯덩이 같은 어둠뿐이었다. 세상의 모든 슬픔과 고독과 울분과 서러움을 합쳐놓으면 이런 빛깔이 될까. 이옥은 괴로웠다.

'나에게 남은 것은 무엇일까? 나는 무엇을 바라고 여기까지 왔던가? 까짓것 눈 한번 질끈 감고 임금 앞에 무릎 꿇으면 끝나는 일 아니었을까?'

이옥은 스스로에게 묻고 또 물었다. 그러나 돌아오는 대답은 한결같았다.

'아니다! 그것은 진정한 선비의 길이 아니다!'

그 무렵 삼가현에서 향리가 다녀갔다. 다시 내려와 군

역을 살라는 것이었다. 그제야 이옥은 자신의 호적이 삼가현에 매여 있다는 것을 알았다. 아직 아버지의 삼년상도 치르지 못한 터였다. 깊이를 알 수 없는 수렁에 빠진 듯 이옥은 혼란스러웠다.

하지만 언제까지나 절망 속에서 허우적댈 수는 없었다. 어느새 큰아이는 댕기를 늘어뜨린 처녀가 되었고, 성균관에 있을 때 태어난 둘째 놈 우태는 서당에 다니고 있었다. 이옥은 자신의 억울한 사연을 담아 형조[27]에 호소했다. 그러나 형조에서는 병조[28]로 넘기고 병조는 다시 예조[29]로 미루고만 있었다.

그사이 해가 바뀌고 삼가현에서는 돌아오라는 독촉이 더욱 잦아졌다.

심란한 마음에 이옥은 매화산으로 향했다. 그곳에서 바다를 바라보고 있으면 답답한 가슴이 뚫리는 듯했다. 아직 바람 끝이 매서웠다. 소나무 그늘 밑에는 듬성듬성 눈이 남아 있었다.

---

27 조선 시대에 법률·사송·형옥·노예에 관한 일을 하던 중앙 관청.
28 조선 시대에 군사 업무를 총괄하던 중앙 관청.
29 조선 시대에 예의·제향·학교·과거에 관한 일을 하던 중앙 관청.

산 중턱에 다다랐을 때였다. 어디선가 은은한 향기가 날아들었다. 이옥은 발걸음을 멈추고 주위를 둘러보았다. 매화였다. 산기슭 바위틈에 매화나무가 한 그루 서 있었다. 바위틈에서 살아가느라 나뭇가지는 온통 휘어지고 구부러져 있었다. 그 기괴한 모습이 이옥의 눈에는 바위를 깨고 날아오르려는 새의 몸부림처럼 다가왔다.

"그 척박한 곳에서도 너는 기어이 꽃을 피웠구나. 그래, 하늘이 이미 낳아주었는데 어찌 자신이 놓인 형세를 탓하겠는가."

이옥은 자기도 모르게 혼잣말을 중얼거렸다.

걷다 보니 어느새 정상이었다. 매화산 아래로 남양만이 드넓게 펼쳐져 있었다. 이옥은 바다를 바라보며 생각했다.

'나는 더 잃을 게 없는 자가 아닌가? 어차피 관리가 되기도 힘든 일. 더이상 구차해질 필요가 없지 않은가! 어쩌면 나의 글은 문(文)의 올바른 문체는 아닐지도 모른다. 하지만 내 글이 문의 나머지라면 또 어떤가? 시가 말할 수 없는 것을 말할 수 있고, 시가 말하지 않는 것을 말할 수 있다면, 그것 또한 선비의 도리가 아니겠는가. 글이 곧 나인데 대체 임금이 요구하는 잣대가 무슨 상관이

란 말인가!'

깨달음은 벼락처럼 다가왔다. 이옥이 결심을 굳혔을 때
는 벌써 서쪽 하늘이 붉어지고 있었다. 이옥은 다짐했다.
이제부터는 오롯이 자신을 위한 글을 써야겠다고. 내가
본 것, 내가 경험한 것을 나만의 언어로 쓰겠노라고.

진짜 싸움은 지금부터 시작인지 몰랐다. 글쓰기는 매번
자신과 벌이는 가장 치열한 전쟁이기 때문이었다. 하지
만 이옥의 입가에는 확신에 찬 미소가 번지고 있었다.

"나, 이옥! 두려워하지 않고 쓸 것이다. 뒤돌아보지 않
고 쓸 것이다. 절망하지 않을 것이다. 다만 쓰고 또 쓸 것
이다! 죽음이 내 숨통을 끊어놓기 전까지는 절대로, 절대
로, 붓을 놓지 않을 것이다!"

이옥의 절규가 노을 속으로 빨려 들어가고 있었다. 또
다시 밤이 엄습해 올 테지만 이옥은 두렵지 않았다. 어둠
을 빛으로 바꿀 용기가 자기 안에 있음을 알았기 때문이
다. 어느새 해는 수평선 아래로 사라지고 없었다. 그러나
이옥의 가슴속에는 해를 삼킨 새 한 마리 검은 날개를 퍼
덕이며 날아오르고 있었다.

Part 5.

김주남 편

1899-1919

독립운동가.

경기 화성 고주리 출생. 1919년 3·1운동이 전국적으로 확산되고 있을 당시, 화성에서 일어났던 우정·장안 만세 운동에 격렬하게 참가하였다. 4월 15일 일제의 제암교회 방화 학살 사건으로 만 20세의 나이에 일본 군에 의해 무참히 학살당하였다. 1968년 대통령표창이 추서되었다.

횃불

김명철

  * 이 이야기는 일제 강점기 때 화성에서 일어났던 대한의 독립운동을 사실에 근거하여 재구성한 것이다. 여기에 실명으로 등장하는 사람들은 화성의 수백 명에 달하는 독립운동가들을 상징적으로 대표한다고 볼 수 있다. 그러므로 주인공인 '김주남'이라는 이름을 다른 독립운동가의 이름으로 대체한다고 해도 크게 그 의미가 손상되지는 않을 것이다. 이 글을 대한의 독립을 위해 헌신하신 모든 선열들께 바친다.

  "오늘 너희들이 보여준 행동에 나는 큰 자부심을 느꼈다. 모두 무사해서 다행이다."
  "형님의 우렁찬 독립선언서 낭독은 산천을 떨게 했습니다."
  "그렇습니다. 큰형님의 당당한 모습에 저도 용기가 저절로 생겨났습니다."

1919년 3월 31일 밤, 김흥렬의 안방에 여섯 명이 모였다. 주남의 편에서 보면, 큰아버지인 김흥렬, 둘째 큰아버지인 김성렬과 그의 아들인 사촌형 김흥복, 아버지 김세열과 동생인 김주업이었다. 이들은 이날 낮에 있었던 발안 장터에서의 만세 운동을 되돌아보고, 앞으로의 일을 도모하기 위해 모여 있었다.

방 안에 긴장감과 비장함이 서려 호롱불조차 한 치도 흔들리지 못하고 꼿꼿이 타오르고 있었다. 주남의 아버지가 말했다.

"저는 큰형님뻘 되는 어른이 순사에게 붙잡혀 조롱당하는 모습을 보고 하늘이 무너졌구나, 싶었어요. 일본 어린애가 게다짝을 벗어 들고 그분의 머리를 장난스럽게 때렸잖아요. 일본 놈들의 패륜에 치가 떨렸지요. 형님, 인간이 어찌 그럴 수 있습니까."

작은 체구에 목소리가 카랑카랑했다.

"어디 그뿐이었냐. 일본 군경의 무차별적인 총격으로 발안 사람 두 명이 총상을 입었다. 그분들이 죽었는지 살았는지도 모르는 상황이다. 하도 경황이 없어서 그 두 분이 누구인지 확인도 못 했는데, 혹시 그분들 중 이정근 어른이 안 계신지 걱정이다. 그분이 총격의 바로 맞은편에 있었으니 말이다."

3형제 중 가장 큰 체구와 호탕한 인품을 지닌 둘째 큰아버지의 이 말에 모두의 얼굴에 먹구름이 몰려왔다. 이정근이라면 큰아버지와 돈독한 교유를 하고 있던 어른이었고, 향남과 팔탄의 독립운동을 주도하던 분이었다.

오늘 만세 운동은 격렬했다. 일제 측의 총질과 대검의 난무에 맞서서 돌멩이와 몽둥이의 저항도 결코 밀리지 않는 것이었다.

"저들은 분명 인간이 아니다. 인륜이 없는 짐승들이다. 내지인들이라고 일본 사람들이 들어오면서부터 우리 화성 사람들은 사람대접을 받지 못했다."

"면사무소에서는 정조 대왕이 잘 정비해놓으신 관개 수리 공사를 마을 사람들을 동원해 쓸데없이 다시 시키질 않나, 농사철에 송충이 잡이를 시키질 않나, 그러면서도 무슨 무슨 세금이라면서 거두어들여 일본 사람들만 배를 불리고 있지요."

"저들이 주인이고 우리는 노비 신세가 되었습니다. 우리의 인내천 사상과는 너무 거리가 멀어요."

주남은 어른들이 나누는 대화를 들으면서 평등을 떠올렸다. 강단이 있고 강직한 성품의 큰아버지 김흥렬은 1894년 동학 혁명에도 주도적으로 참여했던 유명한 천도교 전도사였다. 천도교 교주이면서 독립선언서를 만들어 낸 민족 대표 33인 중 하나인 의암 손병희 선생과도 각별한 사이였다.

주남은 천도교의 교리인 평등 사상 속에서 자랐다. 사람이 곧 하늘이니 모든 사람은 귀하고 천함이 없이, 나이의 많고 적음이 없이, 남자와 여자 구별 없이 평등하게 존중받아야 한다는 것이었다. 아이를 잉태한 여인은 하늘을 잉태한 것이니 더없이 존중받아야 한다고도 했다. 주남의 큰아버지는 나아가 동식물이나 사물도 존중받아야 한다는 사상을 지니고 있었다.

그는 다른 종교인 기독교나 유교나 불교를 배타적으로 대하지도 않았다. 그는 기독교의 교리인 이웃에 대한 사랑이 곧 천도교의 평등과 다르지 않으며, 생명과 인륜을 중시하는 불교나 유교의 교리도 천도교의 교리와 같은 것이라고 하였다.

그는 인근 가재리에 사는 한학자 이정근과 기독교 신

도였던 제암리 안정옥과도 친분이 있었다. 지난 3월 1일 서울에서 있었던 만세 운동에 천도교도인 백낙렬과 기독교도인 안종후와 자신의 아우인 김성열을 파견하였던 것에서도 종교와 신분을 따지지 않는 그의 인간 존중 사상을 엿볼 수 있다. 그래서 주남의 신붓감도 천주교 신자가 아니던가.

주남은 이런저런 생각을 하면서 오늘 자신의 행동을 반추해보았다. 그런데 아무래도 어른들의 질타가 있을 것 같아 몸이 자꾸 움츠러들었다. 아니나 다를까, 이때 불쑥 큰아버지가 말을 꺼냈다.

"주남아, 그런데 오늘 너의 행동은 나를 좀 실망시켰다."

"예? 예에…… 제가 좀 과한 행동을 했던 것 같습니다."

주남은 어느 정도는 예상하고 있었으나 자신이 그토록 존경하는 큰아버지로부터 실망했다는 말을 듣고는 몸 둘 바를 몰랐다.

"주남이 너는 학문에 영특한 재능을 지녔으니, 신학문을 해서 나라에 큰 보탬이 되면 좋겠다고 나와 네 아버지가 그렇게도 말하지 않았더냐. 그런데 오늘 너의 행동이 어땠느냐. 주재소로 뛰어 들어가려는 너를 네 친구들인 경백이와 영쇠, 유순, 종환이 막지 않았다면 어떤 일이 벌어졌을지 모르는 일 아니냐. 더욱이 너의 혼사가 보름도 안 남았다. 너의 기분대로만 행동한다면 그것이 곧 평등을 위배하는 것 아니겠냐."

"예, 큰아버님, 다음부터는 조심하겠습니다. 그렇지만 오늘은 참을 수가 없었습니다. 어떻게 사람들에게 그렇게 총질을 해댈 수가 있습니까."

"그래, 알고 있다. 너의 인품으로 보아 참기가 어려웠을 것이다. 그러나 너는 그런 일보다 더 큰일을 해야 한다. 너는 학자가 되어야 한다. 그게 너의 성품에 맞다."

김흥렬은 조카인 주남의 학문적 총명함을 살려주고 싶었다. 그런데 주남이 만세 시위에 적극성을 드러내는 것이 걱정이 되었던 것이다. 그가 이 시급한 상황에서도 조카를 설득하려는 것은 그때문이었다.

"화성에는 뛰어난 학자들이 많았다. 정조 대왕 때만 해도 이옥이란 분은 지금 우리가 쓰고 있는 문장의 문체를 만들어 내신 분이다. 그분이 없었다면 지금까지도 조선은 청나라의 문체에서 벗어나지 못한 채 사대주의적 글쓰기를 하고 있을지도 모른다. 또한 우하영이란 분도 있었다. 그분은 비록 벼슬을 하지는 못했으나, 우리가 생활하는데 필요한 여러 가지 학문적 업적을 남겼다. 지금의 농사법은 그분의 연구 결과이기도 하다. 화성이나 화성 인근의 실학자들은 백성의 실제적인 생활을 위한 큰 업적들을 남기셨다."

김성렬도 거들었다.

"화성이나 화성 인근의 실학자들은 백성의 실제적인 생활을 위한 큰 업적들을 남기셨다. 나도 네가 그분들처럼 큰 뜻을 품고 나라와 백성들을 위한 공부를 하는 게 좋겠다는 생각이다."

주남은 학식과 덕망 있는 집안의 자제로서 총기가 있으면서도, 가난하거나 불우한 사람들에 대한 연민의 마음이 큰 선량한 청년이었다. 또한 반듯한 이마와 부드러우면서도 예사롭지 않게 빛나는 눈빛은 그의 예민하면서도 사려 깊은 성격을 대변해주는 듯했다. 누가 보아도 학자의 모습을 지니고 있었던 것이다.

주남은 어른들의 마음을 충분히 이해할 수 있었다. 본

래 주남의 집안은 학식으로 유명한 집안이었다. 그의 할아버지는 정3품 당상관인 통정대부를 지내기도 하였다.

"그러니, 이제부터는 시위 현장에 나서지 마라. 네가 할 일은 따로 있다. 너는 만세 때 필요한 태극기와 횃불봉을 만드는 일을 도와주거라. 그 일도 아주 큰일이다."

"큰아버님, 그렇지만 그 일들은 여자들이 맡아서 하고 있는 일입니다. 그리고 저는 구국동지회 8인방 회원이기도 하고요. 그런데 어떻게……"

"어허, 무슨 말이냐. 여자들은 남자들보다 섬세하기 때문에 그 일을 하는 것이다. 너도 섬세한 성격이지 않느냐. 남자가 할 일과 여자가 할 일이 따로 있는 것이 아니다. 각자 제 성격과 능력에 따르는 것이다. 그리고 구국동지회에서도 너의 입장을 충분히 이해해줄 것이다."

주남이 소속된 구국동지회는 제암리와 고주리의 청년들을 중심으로 조직된 독립운동 단체였다. 이 단체는 김흥렬의 지시로 그의 아우인 김성렬이 조직하였는데, 처음에는 제암리와 고주리가 중심이었다가 점차 그 조직이 확장되어 우정면과 장안면을 아울러서 일컫던 삼괴 지역은 물론 서신과 송산의 청년들도 가입하게 되었다.

이 단체는 화성의 독립운동을 총지휘하는 지도자들과 실제 만세 운동에 참여하는 사람들 사이를 연결해주는 활동을 하고 있었다. 연락과 조직 편성, 활동 분담 등이 이들의 주된 역할이었다.

주남이 말한 8인방은 이 단체에 속해 있는 1899년 생 만 20세의 동갑내기들을 말하는 것이었다. 송산의 박영호, 서신의 홍헌과 이원행, 장안의 이경백, 안유순, 안종환, 이영쇠, 김주남 등이 그들이었다. 그들은 동갑내기들이라는 이유로 서로 사강 장터와 발안 장터를 오가며 남다른 친분을 쌓고 있었다.

어른들을 중심으로 한 회의는 한 시간 남짓 지속되었다. 김흥렬이 정리된 내용을 결론적으로 말했다.

"그럼 이제 정리해보자. 오늘 저놈들이 우리의 강한 저항에 크게 당황했을 것이니, 앞으로 며칠간은 잠잠할 것이다. 그래서 첫째, 앞으로 당분간은 마을 안에서만 소규모 시위를 벌인다. 둘째, 저들의 동태를 살피며 적절한 시기를 보아 대규모 시위를 계획한다. 셋째, 그 계획의 실현을 위해 틈틈이 준비를 해나간다. 넷째, 구국동지회는 마을을……?"

그때였다.

"쉬잇! 밖에서 무슨 소리가!"

흥복이 한껏 목소리를 낮추어 말을 하며 즉시 호롱불을 껐다. 그들은 숨을 죽이고 밖의 동태를 살폈다. 잠시 후 모기 소리만 한 목소리가 들려왔다.

"주남아, 주남아."

주남은 자신을 부르는 소리가 구국동지회의 8인방 중 하나인 이원행의 목소리라는 것을 금세 알아챘다. 주남이 문을 열면서 말했다.

"원행이냐? 이 밤에 웬일이야? 어서 들어와."

흥복이 다시 호롱에 불을 밝혔다. 원행은 뒤쪽을 두리번거리며 주변을 살핀 후, 조심스럽게 방 안으로 들어왔다. 방 안에 있던 사람들에게 인사를 하는 원행의 태도가 예사롭지 않았다. 무엇엔가 쫓기는 듯 잔뜩 겁먹은 눈동자가 불안하게 흔들리고 있었다.

"죄송합니다, 어르신들, 상황이 다급하여 이렇게 불쑥 찾아왔습니다."

"자네가 서신에 산다는 이원행인가, 내 주남이를 통해

자네에 대해서는 잘 알고 있네. 자리에 좀 앉게. 그래 무슨 일인가."

주남의 큰아버지가 놀란 목소리로 말했다.

"예, 어르신, 제가 순사들에게 쫓기고 있습니다. 지난번 사강 만세 때, 홍면옥 선생을 총으로 쏜 노구치를 처단하는 데 앞장섰다는 이유에서입니다. 일제의 눈을 피하느라 여기까지 오는데 무려 3일이나 걸렸습니다."

이 말을 듣고 홍복이 호롱불의 심지를 한껏 낮췄다.

그러고 보니 이원행의 행색은 말이 아니었다. 저고리와 바지가 여기저기 찢어져 있었고 머리카락은 엉겨 붙어 봉두난발이었다. 텁수룩한 수염은 그의 빈약한 몰골을 더욱 초췌하게 만들고 있었다.

"오호, 일제 순사를 처단했다는 소문은 들었지만 실제로 그 일이 있었구만! 그 일에 자네가 앞장섰다니 대단하네. 자랑스럽구만! 주업아, 큰어머니께 요기 거리를 좀 준비해달라고 말씀드려라."

주남의 둘째 큰아버지가 자랑스럽다는 듯 원행을 바라보며 격려를 해주면서, 원행이 필시 며칠은 굶었음을 알아차렸던 것이다.

"그랬구나, 그러면 이제 어떻게 할 거야? 영호, 박영호는?"

주남이 말했다.

"나와 함께 영호는 노구치를 처단하는 데 앞장섰다가, 곧바로 체포되어서 지금 사강 주재소에 갇혀 있어. 지금 서신과 송산은 순사들이 주모자를 찾아낸다고 들쑤셔대고 있어. 잡혀가는 사람들도 한둘이 아니고, 잡혀가자마자 하도 심한 고문을 당해서 반송장이 된 채 아무 네나 버려지고 있지. 난 내일 새벽에 배를 타고 상하이 쪽으로 떠날 수 있으면 좋겠어. 그게 가능한지 알아보려고 염치 없이 이리로 왔어."

"그래, 잘 왔네. 그렇게 하게. 그리고 주남 아범, 자네는 지금 나가서 내일 새벽 배편을 좀 알아봐 주게."

큰아버지의 말에 주남 아버지가 밖으로 나가자 둘째 큰아버지가 말했다.

"형님, 지금 사태를 관망할 때가 아닌가 봅니다. 일제가 한층 무도하게 나갈 가능성이 있어요. 발안 만세 운동으로 그놈들 기가 좀 꺾이려나 했는데, 오히려 더 발악을 할 것 같습니다. 내일 당장 한 번 더 본때를 보여주는 것이 어떨까요."

"자네 말이 맞는 거 같네. 그냥 이대로 사태를 관망하고 있다가는 주동자를 색출한다 해서 저들에게 모두 당하기 십상이네. 내일 당장은 어렵겠지만 서둘러 우리가 먼저 선공을 펼쳐야겠어."

"그러면 어찌 할까요."

"자네는 먼저 내일 새벽에 삼괴 지역의 구국동지회 소집을 알리게. 마을 안에서의 산발적인 낮 시위를 삼괴 전 지역으로 확대해야겠네. 또한 내일 밤 9시부터 각 지역에서 횃불 만세 운동을 벌일 것이라고 전하게. 그러려면 내일 낮에 횃불봉을 만들어야 하니, 각 마을마다 이에 대한 준비도 철저히 시켜야 하네. 이렇게 각 지역에서 동시다발로 만세의 함성이 터지면 일제도 당혹스러울 것이야. 흥복이는 이곳 고주리는 물론 수촌리와 제암리 사람들이 혼란스럽지 않도록 우리의 계획에 대해 확실히 알려주고."

주남의 큰아버지를 중심으로 어른들이 세세한 계획을 세우고 있는 사이에 원행은 주남의 큰어머니가 준비해

준 음식을 허겁지겁 먹고 있었다. 밥상 곁에 앉아 원행을 지켜보면서 주남은 생각했다. 주남의 얼굴빛에 금방이라도 굵은 빗방울이 떨어져 내릴 듯 먹구름이 두껍게 내려앉아 있었다.

'이렇게 급하게 돌아가는 상황에서 나는 횃불봉이나 만들고 있어야 하나. 지금 조선 방방곡곡에서는 독립 만세 운동이 들불처럼 번지고 있는데. 이 기회에 나라를 되찾지 못한다면 공부를 한들 그것이 무슨 소용이 있단 말인가. 친구들은 내일 새벽부터 동분서주하면서 마을 사람들을 독려하고 만세 운동에 앞장설 것인데.'

주남의 생각이 여기에 이르자 그는 어른들로부터 시위 참가에 대한 허락을 받고 싶은 마음이 간절해졌다. 주남은 둘째 큰아버지를 애원하는 눈빛으로 바라보았다. 주남의 눈빛과 마주친 둘째 큰아버지가 주남의 마음을 알아차리고 잠시 망설이다가 말했다.

"형님, 내일 밤에는 각 마을의 인근 야산에서 횃불 시위를 하기로 했습니다. 낮에는 몰라도 횃불 시위 때에는 주남이도 참여를 시키는 것이 어떨까요. 나이 드신 분들을 안내하는 것도 중요합니다."

주남은 둘째 큰아버지의 이 말에 가슴이 뛰기 시작했다. 큰아버지도 잠시 망설이다가 마침내 '내일 밤만'이라는 단서를 달아 허락해주었다. 주남의 얼굴이 환하고 맑게 개기 시작했다.

"대한 독립 만세!
"대한 독립 만세!"
다음 날 아침부터 이곳저곳에서 만세 소리가 울려 퍼지기 시작했다. 이 만세 소리는 삼괴 지역에서 동시에 혹은 산발적으로 이어져 하루 종일 끊이지 않았다. 주재소의 순사들이 이쪽을 제어하면 저쪽에서 시위가 일어났다.
주남이 낮에 천도교의 교리를 가르치던 전교소에서 횃불봉을 만들고 있을 때 화성 8인방 중 하나인 안종환이 상기된 얼굴로 헐떡이며 찾아와 말했다.
"주남아! 너 그 소리 들었어? 화성 주재소들이 수원 주재소에 지원을 요청했대. 수원 주재소 순사들은 상당한 인원이라는데 그놈들이 들이닥치면 많은 사람들이 잡혀갈 거 같은데."
"그래? 즉시 큰아버지께 말씀드려야겠다."

주남의 큰아버지인 김흥렬은 이 소식을 듣고 삼괴 지역의 대규모 만세 운동 날짜를 내일 모레, 4월 3일로 잡기로 했다. 본래는 마을 사람들의 동원과 준비 과정을 고려해 4월 5일로 계획되어 있었다. 그런데 아침 일찍 김흥렬이 가재리의 유림이었던 이정근 선생을 찾아갔을 때, 어제 총격을 당한 사람이 바로 그분이었고 집에 오자마자 숨을 거두었다는 소식을 듣게 되었다. 거기다가 수원의 경찰들까지 온다 하니 심적으로도 물리적인 시간상으로도 더 이상 지체할 수가 없었다.

즉각 다시 소집된 구국동지회 회원들을 향해 김흥렬이 말했다.

"구국동지회 여러분! 상황이 이러하니 우리의 거사를 서둘러야 할 것 같소. 오늘 밤 아홉 시를 전후하여 각 마을의 인근 야산에서 횃불을 밝히도록 하고, 내일인 4월 2일 낮엔 오늘 같은 형식의 만세 시위를 하다가, 밤 아홉 시에 쌍봉산으로 집결하여 우리의 힘을 보여주기로 합시다. 다음 날 4월 3일 정오를 전후하여 장안면사무소와 우정면사무소를 기습하는 것입니다! 그다음은 물론 화수리 주재소를 향하는 것이오!"

김흥렬의 말이 끝나기가 무섭게 구국동지회 회원들은 각자의 활동을 위해 흩어졌고, 주남은 전교소로 튀어 달렸다. 내일 밤 쌍봉산 시위에 참가하려면 그가 만들어놓아야 할 횃불봉을 미리 완성시켜 놓아야 했기 때문이었다.

그날 밤에는 각 마을 인근에 있는 야산에서 만세 시위가 있었고, 다음 날 낮에는 전날과 마찬가지로 삼괴 지역이곳저곳에서 산발적인 시위가 일어났다. 이것은 그다음 날인 4월 3일의 대규모 시위를 위한 준비 과정에 불과했다. 일제를 혼란에 빠뜨리려는 일종의 작전이었던 것이다.

마침내 4월 2일 밤이 되었다. 하늘에는 별들이 유난히도 밝게 빛났다. 강렬한 햇살이 소금밭에 쏟아지는 듯 밤하늘이 눈부시게 반짝거리고 있었다.

주남은 이경백, 이영쇠, 안종환, 안유순 등과 함께 일찍 쌍봉산을 향했다. 쌍봉산은 해발 100여 미터의 낮은 산이었으나 남쪽 기슭을 따라 오르는 산길은 제법 가팔랐다. 그늘진 응달에는 잔설이 남아 있는 곳도 있었다. 나이 든 분들이 잘 올라올 수 있을까 걱정을 하면서 주남 일행은 산길의 잔솔가지나 미끄러운 돌멩이 같은 것들을 치우면서 산을 올랐다.

그들이 산 정상마저 정리한 후 얼마 지나지 않아 산을 향해 다가오는 횃불이 하나둘씩 나타나기 시작했다. 주남은 잠시 앉아 쉬면서 저 불빛을 든 사람들을 생각했다.

'아, 순수하고 착한 저 사람들이 무엇 때문에 저렇게 목숨을 걸어야 하는가. 왜 저 사람들이 이렇게 고통스러운 삶을 살아야 하는가. 정의나 평등 같은 것이 있기는 한 것일까. 왜 일본인들은 우리 조선 사람들을 그 오래전부터 끊임없이 괴롭히는 것일까.'

주남이 이런 생각에 잠겨 있을 때 경백의 목소리가 들려왔다.

"내 그놈을 꼭 죽이고야 말겠어! 그 가와바타란 놈!"

가와바타는 삼괴 지역 사람들을 특별나게도 괴롭히고 있던 화수리 주재소 순사부장이었다. 그는 25세의 새파란 나이에 툭하면 아버지뻘이나 되는 어른의 뺨을 때리기 일쑤였고, 위생 검사를 한답시고 젊은 처자들을 욕보이는가 하면, 세 사람만 모여 있어도 도박을 했다하며 심한 매질을 하거나, 갑자기 자동차로 달려들어 길을 걷고 있는 아이들을 공포에 빠지게 하는 일을 장난스럽게 하고는, 아이들에게 그 더러운 침을 뱉고 지나가는 일들을 다반사로 하는 위인이었다.

"그래도, 사람을 죽여서는 안 돼."

"뭐? 그놈이 사람이야? 난 사람은 안 죽여, 사람에게 해를 끼치는 짐승을 죽이려는 거지!"

주남의 말에 경백의 목소리는 더욱 분노에 차오르는 것 같았다.

이러는 사이 횃불의 행렬이 사방팔방에서 피어올랐다. 산의 정상에서 본 그 불빛들은 장엄하면서도 엄숙했다. 이것이 만세 시위를 위한 횃불 행렬이 아니었다면 무슨 위대한 예술이 되었을 것 같기도 했다. 아름다움과 슬픔이 교차되어, 주남은 가슴 깊숙한 곳에서 울컥하는 감정이 북받쳐 오르는 것을 느꼈다.

밤 아홉 시가 되자 예상보다 많은 만세 인파가 몰려들었다. 남자들로만 1,000여 명은 족히 넘을 것 같았다. 주남의 큰아버지 김홍렬이 말했다.

"여러분! 여러분은 모두 애국지사이십니다. 우리의 강력한 힘을 저 극악무도한 일제에게 보여줍시다! 저들은 300여 년 전에도 우리 조선을 침략하여 갖은 패악을 저

질렀습니다. 우리 민족의 성웅이신 이순신 장군께서 계시지 않았다면 우리는 내내 일본의 속국으로 남아 있었을 것입니다. 지금 일제는 수원 주재소에 지원 요청을 하였을 뿐만 아니라, 일본의 정규 군대가 이곳으로 파병됐다는 정보도 있습니다. 저들이 왜 그렇게 했겠습니까. 우리가 두려운 것입니다. 우리가 두렵기 때문에 저 발악을 하고 있는 것입니다! 우리의 마지막 힘을 쏟아 부읍시다! 우리가 비록 이순신 장군만큼 위대할 수는 없겠으나, 작은 이순신이라는 정신으로 저들과 싸웁시다! 용감하게 싸워 철천지원수인 일제를 이 땅에서 몰아냅시다! 기필코 독립을 이룹시다! 대한 독립 만세!"

"대한 독립 만세!"

"대한 독립 만세!"

"대한 독립 만세!"

이날 밤 주남은 가련한 조선 사람들을 생각하면서 소리 높여 만세를 외쳤다. 주남의 만세 소리는 때로는 목이 터져 나갈 듯한 소리였고, 때로는 감격에 겨워 울먹이는 듯한 소리가 되기도 하였다.

다음 날 12시를 전후하여 종환과 유순을 포함한 장안면 구국동지회 회원들은 제암리와 수촌리, 고주리 등의 마을 사람들 맨 앞에 서서 대한 독립 만세를 외치며 장안면 사무소로 향했다. 주남도 큰아버지의 옆을 지킨다는 조건으로 시위대의 앞 쪽에서 만세를 부르며 이들을 따랐다.

"면장과 면서기들도 대한 독립 만세를 외치시오!"

구국동지회는 면장인 김현묵을 설득하여 만세 시위에 참여하게 하였다. 그러면서 면서기들로 하여금 면사무소에 비치되어 있는 모든 서류들을 불태우게 하였다. 이 서류들은 일제에 의해 강압적으로 작성된 것들로서 마을 사람들에게는 노비 문서와 같은 것이었다.

일제는 이 서류들을 토대로 동양척식회사를 운영하였고, 이로 인해 화성 사람들은 하루하루 입에 풀칠이나 하는 한낱 날품팔이 노동자나 소작농으로 전락한 삶을 살았다. 그리고 시위대는 이 면사무소마저 불을 질러 모두 태워버렸다. 불타는 면사무소를 바라보며 시위대는 의기가 충천하였고, 이들의 목소리는 더 강렬하게 온 장안면에 울려 퍼졌다.

한편, 우정면사무소에서도 비슷한 일이 벌어졌다. 경백

과 영쇠를 필두로 한 우정의 구국동지회도 시위대를 면사무소로 이끌었다. 그러나 이곳의 면장과 면서기들은 이미 눈치를 채고 모두 도망을 친 뒤였다. 시위대는 모든 서류들을 포함해 역시 면사무소를 불에 태워버렸다.

두 편으로 나뉘어 진행된 삼괴의 만세 시위대는 오후 2시가 조금 못 되어 쌍봉산 자락에서 합세하게 되었다. 이들은 이미 약속된 대로 화수리 주재소를 향하여 만세 행군을 시작했다. 모두 흰옷과 검정 치마 차림의 시위대는 대충 보아도 2,000여 명은 쉽게 넘어 보였다. 머리가 하얀 노인들부터 아이를 업은 아낙네와, 한 손으로는 젊은 아버지의 손을 잡고 다른 한 손으로는 태극기를 든 어린아이도 보였다. 참으로 조선의 모든 사람들이 다 나와 독립을 외치고 있는 것 같았다. 화수리 주재소로 향한 두렁바위들이 하얗게 변해 장대한 끈들을 이루고 있었다.

주남은 이들을 보고 형언할 수 없이 솟아오르는 거대한 힘을 느꼈다. 그는 이 굳세면서도 아름다운 이들과 함께한다면 무슨 일이든지 이룰 수 있을 것이라는 확신이 들었다. 정의도 자유도 평등도 모두 이룰 수 있을 것만 같았다.

주남은 이 흰옷 입은 사람들의 위용에 화수리 주재소도
백기를 들 것이라고 생각하며 걸었다. 저들도 이 떳떳하
고 정당한 만세 운동을 이해했을 것이라고 생각하며 만
세를 외쳤다. 그러다가 열흘쯤 뒤에 치를 혼사도 생각났
다. 몇 달 전 단 한 번 짧게 스쳐보았지만, 신부가 될 여인
의 용모와 자태는 주남의 마음속에 깊이 간직되었다. 주
남은 머지않아 독립될 이 아름다운 조선에서의 삶도 떠
올랐다. 마음속에 있는 그 여인과 함께, 또 사랑스러운
아이들과 함께, 푸른 하늘과 푸른 들판을 배경으로 하는
행복한 생활이 눈앞에 아른거리기도 하였다. 주남의 발
걸음은 가벼웠고 그의 목소리는 주재소가 가까워질수록
더욱 우렁차졌다.

시위대는 마침내 주재소를 둘러싼 채 입을 맞추어 대한
독립 만세를 외쳤다. 시위대의 숫자도 더 늘어나 3,000명
은 돼 보였다. 만세 소리가 10분여간 이어졌다. 이때였다.
"타타타타 탕!"
총소리가 울리면서 시위대 앞쪽이 무너지기 시작했다.
시위대 맨 앞에는 경백과 영쇠가 있었다.

"악! 저놈들이 총을 쏜다!"

"이런 쳐 죽일 놈들! 물러나지 마라! 대한 독립 만세!"

"탕! 탕! 탕! 탕!"

"앗, 사람이 쓰러졌다. 총을 맞았어! 대한 독립 만세!"

"흩어지지 마라! 여기서 지면 기회가 없다! 대한 독립 만세!"

"가와바타가 나왔다! 순사들을 대동하고 칼을 휘두르고 있다! 저놈을 잡아라!"

"아아, 경백이가 총에 맞았다! 머리에 총을 맞았어!"

아수라장 속에서 주남은 경백이가 총에 맞았다는 소리를 명확히 들을 수 있었다. 주남이 시위대 앞쪽으로 뛰쳐나갔다. 영쇠가 머리에 피를 흘리며 쓰러져 있는 경백을 안고 있다가 주남에게 경백을 인계하고는 칼을 휘두르고 있는 가와바타를 향해 몸을 날렸다.

가와바타가 영쇠의 어깨를 칼로 내리쳤다. 그러나 영쇠는 피를 흘리면서도 굽히지 않고 가와바타의 얼굴을 가격했다. 가와바타가 쓰러지자 순사들이 일제히 달려들었다. 이 광경을 본 시위대도 한꺼번에 달려들었다. 시위대의 수가 압도적으로 많았으나 저들은 칼과 총이 있었고 시위대의 무기란 막대기 같은 몽둥이가 전부였다. 시위대 중 많은 사람들이 쓰러져갔다. 시위대는 더욱 분노했고 만세 소리는 하늘을 찌를 듯 높아졌다. 그 와중에 가와바타가 자전거를 타고 도망치기 시작했다.

"멈춰라, 가와바타!"

어느 틈에 주남은 영쇠와 함께 가와바타를 뒤쫓기 시작했다. 주남이 가와바타의 자전거 뒷바퀴를 걸러찼다. 가와바타가 나동그라졌다. 시위대가 가와바타에게 몽둥이질을 하기 시작했고 이를 둘러싸고 시위대의 함성 소리가 또 터져 나오기 시작했다.

"대한 독립 만세! 대한 독립 만세! 대한 독립 만세! 대한 독립 만세······!"

밤이 찾아왔다. 주남은 전교소에 혼자 앉아 있었다. 주남은 시위대의 기세에 눌려 일제가 순순히 항복하기를 바랐다. 그래서 함께 평화롭고 평등하게 살 수 있기를 바랐다. 그러나 그것은 철저한 오산이었다. 한낱 어린 소견의 한가한 상상에 불과했다.

오늘 경백이가 죽었고 영쇠가 체포되었다. 주남은 조선

의 독립이 쉽게 오지 않을 것이라는 것을 깨달았다. 주남은 흥분을 가라앉히고 앞으로의 일들에 대하여 생각했다. 주남은 자신이 주축이 된 화성 독립 결사대를 생각하고 있었다. 그 결사대를 이끌어 기필코 대한의 독립을 이루어 내리라 다짐하고 있었다.

쌍봉산 뒤쪽으로 유성우가 횃불처럼 쏟아져 내리고 있었다.

Part 6.

이규영 편

1890-1920

국어학자.

　보성중학교(普成中學校)에서 배우고, 1911년 서북협성학교 후신인 오성학교(五星學校)를 졸업하였다. 이어 여름에 함경남도 함흥에서 교편을 잡고 조선어 및 조선사를 가르치기 시작하였다.

　『온갖것』에는 희귀한 자료가 기록되었고, 『한글모죽보기』는 1907 ~ 1917년의 국어운동사 자료로서 귀중하다. 특히, 『한글적새』는 미완성본이나 구조언어학적 자료집으로서 중요시되며, 『현금 조선문전』은 출판된 초급용 소문전으로서 널리 교재로 보급되었다.

　주요 저서인 『한글적새』는 주시경에게서 자라서 김두봉에게서 살찐 후주시경파의 문법이며, 최초로 우리의 기술 문법을 시도한 문헌으로서 역사적 가치가 크다.

온갖 것

인은주

왕이 도망갔다. 왕이 궁을 버리고 도망갔다는 소문은 바람처럼 빠르게 퍼져 비봉 마을에 도착했다. 소문과 진상은 다르지 않았으므로 어수선한 마을 분위기에 학동들은 불안한 얼굴로 서당에 들어섰다.

"무슨 일이래?"

병기가 물었다.

"소문 못 들었어? 왕이 도망갔대!"

용국이가 격양되어 목소리를 높였다.

"무슨, 왕도 도망가냐?"

병기가 어이없다는 듯 웃었다.

"그럼 헛소문에 어른들이 저리 난리가 났겠냐?"

병기랑 용국이가 옥신각신 다투는 틈에 훈장이 들어왔다. 훈장은 아관파천(俄館播遷)[1]이라 적었다. 규영은 어린 나이였지만 사자성어처럼 생긴 저 글자가 의미하는 게 얼마나 큰일인지 훈장의 표정을 통해 알 수 있었다.

전에도 저런 주름이 있었나 싶게 훈장의 이마에 굵은 주름이 장마 때 지렁이가 기어간 자국처럼 패여 있었다.

1896년 2월 11일. 이른 새벽, 왕과 왕세자는 여자 옷으로 갈아입었다. 가마는 두 대가 준비되어 있었다. 상궁이 행차하는 듯 꾸민 가마에 왕과 왕세자는 각각 상궁의 뒤에 몰래 숨어 탔다. 그리고 궁궐을 빠져나가 러시아 공사관으로 피신했다.

한 나라의 왕과 왕세자가 여장을 한 채 궁궐을 버리고 몰래 도망 나간 것이다. 아관파천이란 네 글자의 내용은 이런 것이었다.

도망은 노비나 가는 것이라고 규영은 생각했다. 노비제가 폐지[2]되었다고는 하지만 갈 곳 없는 노비들은 그대로 남아 있기도 하였다. 그러다 어느 날 아침 흔적도 없이

---

1 1896년 2월 11일 고종은 극비리에 러시아 공사관으로 피신했다.
2 1894년 갑오개혁에서 노비제는 완전 철폐되었다.

사라지는 게 요즘의 실상이었다.

언젠가 남술[3]이 달린 노랑나비 무늬 노리개[4]를 무심코 만진 적이 있었다. 사내는 여인의 물건을 만지는 게 아니라며 어머니는 규영을 몹시 나무란 적이 있었다. 여인의 물건도 그러한데 여인의 의복으로 갈아입었다는 왕의 모습은 도무지 상상이 가지 않았다.

"나라가 기울수록 더 정신을 차려야 한다."

훈장은 힘겹게 사건을 정리하면서 말했다. 그날 수업은 힘이 달린 훈장이 주저앉는 바람에 이른 오후에 일찍 끝났다. 곧 눈이 내릴 것처럼 하늘이 꾸물거렸다. 집으로 가는 길, 눈 내리는 날이면 한바탕 눈싸움에 신나던 세 친구들이었지만 오늘은 맥없이 그냥 걸었다.

"일본 자객이 왕비[5]를 해친 게 작년이잖아."

병기가 침을 튀겼다.

"그래 온 나라가 들썩였지."

용국이도 열을 올렸다.

---

3 남색 수술.
4 저고리 고름이나 치마 허리에 차는 부녀자들의 장신구.
5 명성황후.

"어쩌나? 이러다 망하는 거 아냐?"

병기의 망한다는 말에 놀란 세 사람은 걸음을 멈추었다.

"나라가 망하면 어떻게 되는 거지?"

용국이 규영을 쳐다보며 물었다.

"그러게. 망한 집은 봤어도 망한 나라는……."

규영은 말끝을 흐렸다. 규영은 망한 집을 본 적이 있다. 소작을 부쳐 먹는 아랫마을 조 씨가 노름을 하다 집까지 잡혔는데 까막눈이라 어찌어찌 집문서가 넘어갔다고 했다. 조 씨는 도망가고 조 씨 부인과 딸은 외가로 아들은 큰집으로 온 가족이 뿔뿔이 흩어졌다. 집안이 망하면 온 가족이 망하는데 그런데 나라가 망하면 어떻게 되는 걸까? 시무룩해진 학동들은 집으로 뿔뿔이 흩어졌다.

"공부가 일찍 끝났구나."

어머니는 콩엿을 내놓았다.

"어머니 별채 손님 아직 계신가요?"

서리태를 볶아 엿에 버무린 콩엿을 먹고 기분이 나아진 규영은 별채로 쪼르르 달려갔다. 안마당 감나무 가지에서 까치가 울었다. 가지 끝에 대롱대롱 매달린 홍시를 다

먹어 치운 지 오래인데 아직도 먹을 게 있나 하루에도 몇 번씩 까치가 날아와 앉았다.

별채 손님은 김가라고 하였다. 그에게서 낯선 냄새가 났다. 아주 먼 곳에서 온 사람에게서만 나오는 신비한 분위기가 규영의 호기심을 일으켰다.

"선비님 청국에는 서양 여자가 많다면서요? 본 적 있으세요?"

"있지, 너는 구미호를 본 적 있느냐?"

"제가 어찌 구미호를 보았겠습니까?"

"음, 그럼, 설명이 어려운데……."

"구미호랑 서양 여자가 비슷하게 생겼다는 말씀입니까"

"머리 색깔은 비슷하다."

"에이 또 저를 놀리시는군요!"

그가 웃음을 터트리자 규영도 따라 웃었다. 선비는 몇 살쯤 되어 보이는지 가늠이 되지 않았다. 규영을 보는 듯 어디 먼 곳을 바라보는 눈이었다. 장난스럽게 웃던 눈이 번득이며 빛나는 걸 규영은 놓치지 않았다.

"그래 사서를 읽는다고? 논어가 재밌더냐?"

"사람의 도리를 배우고 있습니다."

"맹자는 어떠냐?"

"호연지기를 꿈꾸게 합니다."

"영특하니 공부를 잘하게 생겼구나! 서당만 다니기엔 아까운 아이로구나."

선비는 규영의 얼굴을 유심히 보더니 말을 이었다.

"논어는 말 모음이다. 공자와 그의 제자가 남겨놓은 말을 모은 것이지. 조선은 너무 오래된 남의 나라말을 받드는구나."

선비는 등짐에서 두루마리를 꺼내 펼쳐 보였다. 지도라고 하였다. 약식으로 그려진 세계지도였다.

"여기가 조선이다. 이렇게는 청나라다."

선비는 손가락으로 그리며 짚어주었다.

"청나라가 이렇게나 커요?"

규영은 청나라가 큰 줄 알았지만 지도를 보며 새삼 그 크기에 놀랐다.

"이렇게 넓고 큰 나라가 치사하게 작은 우리나라 것을 빼앗아 간단 말이어요?"

"그래, 있는 놈이 더하다지 않니. 그래서 옛날부터 욕심

많은 놈을 당나라 놈이라 부르지 않더냐! 여기는 프랑스다."

수많은 나라 중에 선비는 프랑스를 가리켰다.

"프랑스는 백 년 전에 혁명을 일으켰단다."

"혁명이요?"

"왕후장상의 씨가 따로 있나? 이 말을 들어본 적 있겠지? 사람은 모두 평등하게 살기를 원한다는 얘기다. 우리나라에도 정변⁶이 있었지. 갑신년이었다."

"선비님. 이런 것들은 어떻게 더 알 수 있습니까?"

"소학교라고 들어보았느냐? 수원에도 학교가 곧 선다는데 학교에 오면 다 배울 수 있단다."

선비의 말에 귀가 뚫린 규영은 더 많을 것을 알고 싶었다. 학교에 가면 선비님을 만날 수 있냐는 질문에는 빙그레 웃기만 하였다.

다음 날 서당에서 돌아와 보니 별채는 텅 비어 있었다. 무척 아쉬웠다. 그날 밤 규영은 잠이 오지 않았다. 밤하늘은 별들로 반짝였다.

'반짝이는 것들은 따로 있구나!'

<hr />

6 1884년 개화당이 청국의 속방화 정책에 저항하여 조선의 완전 자주 독립과 자주 근대화를 추구하여 일으킨 정변.

이후, 별을 볼 때면 김 선비의 두 눈이 떠오르고는 하였다. 그럴 때면 무언가에 빠져들 듯 규영은 가만히 서 있고는 하였다.

'정조 임금이 그리 일찍 뜨지만 않았어도.'

아버지는 화산[7] 쪽을 향해 한참을 서 있었다. 융·건릉이 있는 화산은 비봉에서 걸어서 한나절 거리에 있다. 정조와 사도세자가 묻힌 곳, 이곳 사람들은 화산을 사랑하였다. 정조의 이루지 못한 꿈을 아쉬워하였다. 백 년 전 정조의 꿈이 곧 백성의 꿈이었던 곳, 신도시 수원 화성은 주인 없는 미완의 성으로 아름답고 슬프게 남아 있었다. 그 슬픔은 용주사[8] 호성전[9]에 모셔져 있다. 그 앞을 지날 때면 정조의 사무친 마음에 저절로 이입이 되는 듯 누구라도 마음이 미어졌다.

죽어서야 비로소 모인 가족, 호성전은 위로의 공간이었다. 그러나 화산을 바라보는 마음은 한마음이 아니었다. 정조와 사도세자 그리고 혜경궁 홍씨 세 사람의 마음이

---

7 경기도 화성시 송산동에 위치한 산 이름.
8 경기도 화성시 송산동 화산에 있는 절.
9 정조와 사도세자 혜경궁의 위폐가 모셔진 곳.

각각이었듯 규영과 아버지의 마음도 각각이었다. 아버지
는 정조 같은 강한 왕의 부재를 한탄하셨지만 규영은 화
산을 볼 때마다 사도세자를 생각했다. 뒤주에 갇혀 죽은
사도세자. 영조가 아들을 죽인 이야기는 충격적이었다.
삶은 복잡하고 이해할 수 없는 것들로 가득하여 어지러
웠다.

아버지의 한숨에 대청마루가 내려앉을 것만 같았다. 아
버지를 따라 규영도 먼 하늘을 바라보았다. 구름은 뭉게
뭉게 피어나고 흩어졌다.

"아버지 갑신년에 무슨 일이 있었나요?"

"정변 말이야?"

아버지는 놀라서 물었다.

"너는 어디서 정변을 들었느냐?"

아버지의 추궁에 규영은 당황하였다.

"우연히 들었습니다……."

규영은 김 선비에 대해서는 함구했다. 김 선비가 떠났
다고는 하지만 왠지 비밀로 해야 할 것 같았다.

아버지는 근심스레 규영을 쳐다보았다.

"아버지. 저도 학교에 가고 싶습니다."

"학교라니?"

"학교에 가면 외국에 대한 지식도 배우고 산술도 배운다고 들었습니다."

"개혁한다던 일본 앞잡이 놈들 다 잡혀간 걸 모르느냐? 과거제를 없애더니 애들한테까지 헛바람을 들게 하는구나. 서당에나 열심히 다니거라! 세상이 변해도 한문을 익혀야 한다."

갑신년 얘기에 심란해진 아버지는 언성을 높이었다. 10년 전 정변은 입에 담고 싶지 않은 사건이었다. 외종 형이 연루되어 끌려갔다가 천신만고 끝에 풀려났는데 능지처참 직전이었다. 누명은 벗겨졌지만 얼마 살지 못하고 죽었다. 그런 일을 겪은 후 아버지는 개혁이나 개화는 입에 담는 것조차 꺼려하였다.

아버지의 불호령에 규영은 몹시 실망했다. 한숨만 쉬고 있는 아버지가 답답했다. 커다란 벽이 아버지와 규영 사이를 가로막고 있는 것 같았다.

"부인. 요즘, 규영이 별채를 출입하였소?"

"공부 끝나고 잠깐씩 드나들었지요? 무슨 문제라도 있

나요?"

"아무래도 별채는 당분간 닫아야지, 객들이 오고 가며 규영에게 안 좋은 영향을 끼치는구려."

그날 저녁, 아버지는 집사에게 이제 별채에 객을 들이지 말라 명하였다. 하룻밤 유숙을 원하면 내어 주던 별채는 당분간 문을 닫게 되었다.

궁궐을 비운 왕은 돌아올 줄을 몰랐다. 주인 없는 곳간이 도둑질 당하듯 나라는 외세가 들끓었다. 나라는 이미 힘이 없었다. 왕은 왕비를 지키지 못했을 뿐 아니라 왕 자신조차 지킬 수 없었던 것이다. 그렇다면 백성은 누가 지킬 것인가?

규영은 신교육에 대한 열망이 날이 갈수록 자라났다. 김 선비로부터 들은 세계에 대해 더 알고 싶었다.

'이 세상은 몇 가지 말이 있을까? 일본 말과 청국 말이 다르듯 프랑스 말은 어떻게 다를까?'

매일 유교 경전이나 외우는 서당이 식상하던 차에 안방에서 우연히 홍길동전을 보게 되었다. 주인공 길동이는 규영이와 비슷한 어린아이였다. 서자로 태어나 아버지를 아버지라 못 하고 형을 형이라 부르지 못하는 길동이의 처지가 규영에게는 가슴 아프게 다가왔다.

규영은 소설을 읽을수록 사람에 대한 이해가 넓어지는 걸 느꼈다. 이제 별채 대신 소설이 규영을 다른 세계와 이어주고 있었다. 그는 점점 소설에 빠져들었다. 한자로 된 소설과 다르게 국문 소설은 이야기의 전개가 눈에 보이듯 그려져 더 몰입이 잘 되었다. 어머니가 지닌 필사본을 다 읽은 그는 세책점[10]으로 향하였다. 규영은 빌려 보는 재미에 빠져 소설 보따리를 들고 들어오던 어느 날 중문에서 아버지와 딱 마주쳤다.

"이게 다 무어냐? 하라는 공부는 안 하고 아녀자나 보는 언문을 읽고 있는 게냐? 너는 무엇이 되려고 이러느냐?"

아버지의 역정은 대단했다.

'국문을 읽는 게 혼이 날 일인가? 세종께서 만드신 우리 글 아닌가?'

규영은 우리 글이 대접받지 못하는 현실에 대해 의문을 가졌다. 그리고 소설뿐만 아니라 실학 사상이 담긴 다양

---

10 조선 후기에 소설을 빌려주는 것을 업으로 삼았던 가게.

한 책들을 필사하여 아버지 모르게 보관했다. 한학만 고집하는 아버지와는 더 멀어지고 있었다.

임금은 러시아 공관에서 머물며 일 년이 지나서야 궁으로 돌아왔다. 왕은 목숨을 보호받는 대가로 러시아에 특혜를 주었고 이를 빌미로 다른 나라들도 이권을 얻어 가면서 나라의 살림은 엉망이 되어갔다.

기울어가는 나라의 운명 앞에서 규영은 불쑥 철이 든 자신을 보았다. 시대를 잘못 태어나면 유년도 일찍 빼앗기는 것 같았다.

세월은 빠르게 흘러갔다. 비봉에는 유독 감나무가 많았다. 가을은 깊어가고 감도 빨갛게 익어갔다.

병기와 용국이는 날마다 나오던 서당에 더 이상 나오지 않았다. 외아들인 용국이는 벌써 혼담이 들어와 내년 봄에 혼인 날짜도 정해졌다고 했다.

"새신랑 얼굴이 왜 그러냐? 어디 죽으러 가냐?"

"그래! 차라리 징병이라도 당하면 좋겠다. 세상이 변했는데 이 나이에 결혼이라니!"

"그러게. 조혼이 금지된 게 언젠데!"

규영은 도둑맞은 것처럼 보내버린 짧은 유년도 아쉬운데 벌써 결혼이라는 무거운 짐을 져야 하는 용국이가 안타까웠다. 결혼은 어떤 무거운 세계로 들어가는 입장권처럼 느껴졌다.

"어른들은 왜 그렇게 고리타분할까?"

"새로운 사상을 접할 기회가 없었던 거지. 그러니, 어른이나 아이들이나 교육을 받아야 하지 않겠니?"

규영은 새로운 사상을 배워야 우리도 어른이 되고 이 나라도 바뀔 거라는 생각에 이르렀다.

"어느 세월에 세상이 바뀌겠니? 다음 결혼은 너희들 차례다! 안 그러냐?"

규영은 용국의 말에 정신이 번쩍 들었다. 그랬다. 조혼이 남의 일만이 아니라 자신에게도 닥칠 일이라고 생각하니 어떻게든 대책을 세워야 했다. 그러나 감나무에 홍시가 다 떨어지기도 전에 일은 들이닥쳤다.

매파가 다녀간 것이다. 혼담이 들어왔다. 어머니는 안방으로 규영을 불렀다.

"올 것이 드디어 왔구나!"

규영은 호랑이 굴에 들어가는 심정으로 마음을 가다듬었다.

"혼담이 들어왔구나!"

어머니는 흐뭇한 미소를 지으며 말했다.

"어머니 제 나이 이제 겨우 열다섯입니다"

"어서 결혼해서 대를 이어야지"

어머니는 아들을 위해 이보다 더 좋은 일은 없다는 듯 말했다. 결혼을 해야만 상투를 올릴 수 있었고 상투를 올려야만 어른 대접을 받던 시대, 다 큰 총각이 긴 머리를 내려놓고 다니면 나이가 많아도 대접받지 못하고 놀림거리가 되던 시대가 바로 앞선 세대의 일이었다.

규영의 머리는 짧았다. 단발령[11]이 시행되고 규영의 머리카락도 서당 학동들과 함께 오래전 잘렸다. 단발령이 내려지고 조혼도 나라에서 금지했건만 이곳 어른들은 그대로 결혼을 서둘렀다.

"어머니도 어린 나이에 시집오셨죠? 그 옛날 심정이 어떠셨나요?"

갑작스러운 아들의 질문에 어머니는 당황하였다. 어린

---

11 1895년 김홍집 내각이 성년 남자의 상투를 자르도록 내린 명령.

173

나이에 시집살이는 무서웠다. 그야말로 귀머거리 삼 년 벙어리 삼 년 호된 생활이었다. 그저 의무를 다 하며 살아왔을 뿐이었다. 어려서는 부모를 섬기고 출가해서는 남편을 섬기며 그저 자신의 역할에 최선을 다 하며 살아왔을 뿐이다. 아들의 혼인조차 자신의 의무로 느꼈던 어머니는 규영의 질문을 받고 처음에는 당황하는 정도였으나 점차 혼자서 조용히 자신의 인생을 돌아보게 되었다.

규영은 아직 정립되지 않은 자신에 대해 더 시간이 필요했다. 어떻게 인생을 살아갈지 막 고민하는 시점에서 준비되지 않은 결혼을 결코 받아들일 수가 없었다. 그런 규영의 마음을 어머니는 이제야 살피었다.

며칠이 지나 어머니는 규영을 다시 불렀다.

"이 어미가 시대가 변해가는 걸 못 따라가는구나. 우리 아들이 이렇게 자랐는데 어미가 아들 앞길을 막다니……."

"어머니. 어찌 그리 약한 말씀을 하십니까?"

"아버지는 걱정 마라. 어미가 잘 말씀드릴 테니."

어려운 과정을 겪었지만 혼담은 없던 쪽으로 마무리되었다. 추수가 끝난 들판은 참새 떼가 날아오고 날아갔다.

마당마다 탈탈 깨 터는 소리가 끊어지고 이어졌다. 규영은 이제 한시름 놓나 보다 하였다.

1905년 11월 17일 초겨울, 하늘이 무너졌다. 일본은 우리나라의 외교권을 강제로 빼앗았다. 온 나라가 통곡하였다. 을사늑약[12]이라 하였다.

이 엄청난 사건 앞에 백성들은 몸을 떨었다. 모두들 역병이 돌고 있는 마을 앞에 맨발로 선 기분이었다. 낮게 깔린 먹구름이 진눈깨비를 뿌려댔다. 이후 음산한 날이면 사람들은 '을사년스럽다'는 표현을 쓰게 되었다.

누운 채 들려오는 아침 새소리에 규영은 눈을 떴다. 방바닥은 따뜻했다. 규영은 일어나기 전 잠시 이불 속을 뭉개는 이 순간을 좋아했었다. 하지만 오늘은 벌떡 일어났다.

'주권을 빼앗긴 나라의 젊은이가 이대로 편안해도 되는 것일까?'

규영은 떠날 때가 되었음을 알았다. 나라를 위해 할 일을 찾아야 했다.

'교원 양성을 위한 학생 모집' 공고가 붙었다. 주권을 잃

---

12   대한 제국 광무 9년(1905)에 일본이 한국의 외교권을 빼앗기 위하여 강제적으로 맺은 조약. 고종 황제가 끝까지 재가하지 않았기 때문에 원인 무효의 조약이다.

은 나라에서 교육이 무엇보다 시급하다 판단한 우국지
사들은 곳곳에 학교를 열었다. 규영은 두근거렸다.

"어머니. 이것 좀 보세요."

빨갛게 상기된 규영은 어머니께 공고문을 보여주었다.
읽던 책을 놓고 어머니는 규영과 마주 앉았다.

"교원을 기르는 학교인데 졸업하면 선생이 될 수 있습
니다. 선생이 되어 나라를 일으키는 데 힘을 보태고 싶습
니다."

"그래야지! 나라를 일으켜야지."

규영 어머니의 마음은 무거웠다. 살 만한 나라를 물려
주지 못한다는 마음에 규영 아버지 또한 편할 수가 없었다.

"아버지……."

어머니와 다르게 아버지 앞에 서면 규영은 말이 없었
다. 언제부턴가 부자는 서로 할 말이 없었다. 아버지가
태어난 시대와 규영이 태어난 시대는 달랐다. 시대가 다
른 사람들은 다를 수밖에 없는 거였다. 규영은 아버지를
이해하기로 하였다. 규영은 자신의 시대를 살아가면 되
는 것이라 생각했다. 규영의 편에 선 어머니 덕분에 아버
지도 규영의 입학을 마침내 허락했다.

겨우내 눈이 내렸다. 초가지붕에도 기와지붕에도 흰 눈이 소복이 쌓이면 세상은 아무 일 없다는 듯 평온해 보였다.

규영은 친구들과 함께 동네에서 제일 높은 삼봉산[13]에 올랐다. 비봉 마을이 한눈에 들어왔다. 멀리서 바라본 마을은 손바닥만 했다.

정상에 선 채 고향 산천을 오랫동안 바라보았다. 학교를 소원했던 어린 날들이 떠올랐다. 양지바른 곳은 벌써 눈이 녹아 있었고 소나무들은 푸르렀다.

"사대문 안은 별천지라지"

서울 구경이라고는 한 번도 한적 없는 친구들은 규영의 상경을 부러워했다. 비봉 마을에서 서울 유학은 규영이 처음이었다. 차갑고 시원한 바람이 불어왔다. 그들은 온몸으로 바람을 들이켰다. 그들의 청춘도 소나무처럼 푸르렀다.

용국이의 예식이 끝나고 규영은 고향을 떠났다. 고향을 처음으로 떠나는 규영은 설레면서 아쉬웠다. 언제 돌아올지 모르는 고향이었다. 고향의 온갖 것을 두 눈에 담았다.

---

13 화성 비봉에 위치한 산.

서울은 이미 일본의 손아귀에 들어가 있었다. 한탕을 노리고 들어온 일본인들은 떼 지어 다니며 거드름을 피워댔다. 그 틈에 한몫 잡으려는 조선인들이 들러붙어 있었다. 자신의 이익을 쫓는 자들은 약삭빠르게 일본 편에 서 있었다.

어느 곳이나 세상은 둘로 나누어져 있었다. 나라의 이익을 쫓는 자와 자신의 이익을 쫓는 자. 어느 편에 설지는 자신이 정하였다.

드디어 서북협성학교[14] 수업 시간. 선생님이 보따리를 짊어지고 교실에 들어오셨다. 바로 주시경[15]이었다. 까만 눈이 반짝였다. 오래전 김 선비가 생각나는 눈이었다.

"국가가 망하면 국어도 없어진다. 일본은 제일 먼저 우리 말을 빼앗으려 할 것이다. 말을 빼앗기면 정신을 빼앗기는 것이다."

규영은 혼자 오랫동안 고민해왔던 국어에 대한 생각이 명쾌하게 정리되는 걸 느꼈다. 그 많은 학생들 중에 주시경은 규영을 알아보았다. 학문적 지식이 쌓여 있는 데다

---

14 구한말 서북학회가 설립한 교육 구국의 사립학교. 이후 오성학교로 명칭이 바뀌었다.

15 국어학자.

깨끗한 성품의 규영은 누가 보아도 학자의 면모를 지니고 있었다. 이규영은 그렇게 한글 연구의 중심적인 인물 중 한 사람이 되어갔다.

사람이 태어나서 스스로 무엇을 할까? 정하는 데는 어떤 사람을 만나느냐에 정해져 있다. 사람과 사람의 만남은 우연이 아니다. 자신이 뜻을 지니고 있어야만 그 뜻과 맞는 사람을 만날 수 있는 것이다.

위태로운 나라의 운명 앞에 선 규영은 자신이 해야 할 일이 무엇인지 알았다. 우리말을 지키는 일이며 알리는 일이었다. 가엽게 세상에 널려 있던 말들, 그 고운 우리말들을 찾아『온갖것』[16]에 담았다.

---

16 이규영이 1910년대 초 국어 연구에 관한 사실들을 수록한 비망록. 이 책은 1910년대 국어 연구에 관한 희귀한 사실이 많이 담겨 있다.

Part 7.

홍사용 편

1900-1947

시인.

1919년 휘문의숙을 졸업, 기미독립운동 당시 학생운동에 가담하였다가 체포된 바 있다.

1920년대 초 낭만주의운동의 선두에 섰던 그의 공적은 매우 크다고 할 수 있다. 문단 활동으로는 박종화, 정백 등 휘문 교우와 함께 유인물 《피는 꽃》과 서광사(曙光社)에서 《문우(文友)》를 창간한 것을 비롯하여, 재종형 사중(思仲)을 설득하여 문화사(文化社)를 설립, 문예지 《백조(白潮)》와 사상지 《흑조(黑潮)》를 기획하였으나, 《백조》만 3호까지 간행되었다.

그는 자신이 손수 희곡 작품을 써서 직접 출연하는 등 연극 활동에 정열을 쏟기도 하였다. 1929년경부터 친구 박진의 집에서 기거하는 등 한동안 방랑생활을 하다가 돌아와 자하문 밖 세검정 근처에서 한약방을 경영하였다. 그 뒤 8·15광복을 맞아 근국청년단(槿國靑年團) 운동에 가담하였으나, 그 뜻을 펴지 못하고 지병인 폐환으로 사망하였다.

조선은 메나리 나라

박미경

사용은 여관 벽에 기대어 그동안 쓴 원고를 주욱 훑어보았다. 그의 나이 스물여덟. 요즘 따라 원고를 정리하고 싶은 욕구가 많이 들었다. 기침이 잦은 요즈음이었다. 그래서 찾아든 방 한 칸이었다. 어두워가는 여관방에 느긋하게 등을 기대니 자연스럽게 백조 시절의 방이 떠올랐다. 모두가 그리운 얼굴들이었다.

사용은 칠 년 전에 사재를 털어 백조를 창간했다. 창간 멤버들은 박종화, 현진건, 이상화, 나도향, 노자영, 박영희, 안석주, 원세하, 이광수, 오천원, 김기진 등이었다. 모두가 장안에 내로라하는 사람들이었다.

그들의 모임은 낙원동에서 주로 이루어졌다. 문단의 중

심에 있는 사람들의 모임이다 보니 자연히 사람들의 관심이 집중되었다. 사무실로 방 한 칸을 잡았다. 돈이 적어서 남향으로 잡지 못해서 늘 굴속처럼 어두침침했다. 그 안에서 토론도 하고 합숙도 하였다. 사무실이래 봐야 쓸 만한 집기들이 있는 것도 아니었다. 방 한가운데 있는 두터운 송판 책상 하나가 전부라고 해도 과언이 아니었다.

좁은들 어떠하리. 다들 토론하고 술을 마시고 이야기하다가 보면 집에 못 가기 일쑤였다. 동인들은 매일 밤마다 네다섯 명이 끼어 자느라 가뜩이나 좁은 방이 더욱 좁아터졌다. 그중 가장 기억에 남는 일은 한밤중에 소피가 마려워 바깥에 있는 변소에 다녀와 보면 정다운 동무들이 흥부네 아이들처럼 좁디좁게 누워 있는 모습이었다. 방금 자신이 누웠던 자리는 흔적조차 없었다. 죽 떠먹은 자리였다. 그에 비하면 지금 홀로 방을 얻어 하룻밤을 유숙하는 이 처지는 대단히 훌륭하다고 할 수 있었다. 도향, 종화, 영희, 진건 그리고 자신. 낭만과 술과 문학이 흐르는 아름다운 시절이었다. 사용은 《백조》 창간호에 실린 자신의 시를 마음속으로 읽어보았다.

저기 저 하늘에서 춤추는 저것이 무어? 오 금빛 노을!

나의 가슴은 군성거려 견딜 수 없습니다.

앞 강에서 일상日常 부르는 우렁찬 소리가 어여쁜 나를 불러냅니다.

귀에 익은 음성이 머얼리서 들릴 때는 철없는 마음은 좋아라고 미쳐서 잔디밭 모래 톱으로 줄달음칩니다.

「백조는 흐르는데 별 하나 나 하나」 부분.

그들을 생각하니 사용의 가슴이 뛰었다. 때로 어둠 속에서 어른거리는 검은 그림자가 그들을 바라본 적도 있었다. 일본에 나라를 빼앗긴 엄혹한 시간들이었다. 하지만 백조 동인들은 이에 굴하지 않고 펜으로 맞섰다.《백조》창간호를 발간했을 때는 엄동설한이었다. 창간호를 내고 의기투합해서 모임을 갖고 돌아오던 어느 날의 후두둑 떨어지던 벚꽃 그늘이 생각났다. 이 아름다운 벚꽃 그늘이 조선의 땅이었더라면 얼마나 좋았을까?

어느 날 상화가 백조 사무실에 두고 간 원고를 읽은 적이 있었다. 제목은 '빼앗긴 들에도 봄은 오는가?' 였다. 방 한가운데 있는 송판 책상 위에 떡하니 원고가 올려져 있었다. 만약 일본 경찰에게 발각이라도 나면 큰일 날 일이었다. 사용은 몇 번이나 시를 읽고 나서 그 미완성의 시를 다 외워버렸다. 시인의 직감으로 '빼앗긴 들'이 일본에게 빼앗긴 우리의 국토라는 건 금방 알 수 있었다. 사용은 가만히 외워두었던 시를 읊어보았다.

지금은 남의 땅 빼앗긴 들에도 봄은 오는가?
나는 온몸에 햇살을 받고 푸른 하늘 푸른 들이 맞붙은 곳으로,
가르마 같은 논길을 따라 꿈속을 가듯 걸어만 간다.

「빼앗긴 들에도 봄은 오는가」 부분.

그리고 상화는 온몸에 풋내를 띠고, 푸른 웃음이 어우러진 사이로, 봄 신령이 지핀 듯 다리를 절며 걸어가고 싶다고 하였다. 그리고는 지금은 들을 빼앗겨 봄조차 빼앗겼다고 절규하고 있었다.

나는 온몸에 햇살을 받고 푸른 하늘 푸른 들이 맞붙은 곳으로, 가르마 같은 논길을 따라 꿈속을 가듯 걸어만 간다.

극단을 이끌며 연극인들과 함께 호흡했던 사용은 시에

노래를 붙여 무대에 선 배우처럼 불러보았다.

사실 사용은 상화에게 콤플렉스가 있었다. 상화는 키가 크고 하얀 피부를 가지고 눈이 부리부리한 미남이었다. 그래서인지 문학 소녀들과 여성 문사들에게 인기가 있었다. 그에 비해 사용은 자신의 외모가 못났다고 생각했다.

나중에 사용은 상화에게 「빼앗긴 들에도 봄은 오는가」라는 작품을 읽었노라 이야기를 하고 작품 간수를 잘 할 것을 부탁하였다. 사랑하는 문우가 행여라도 다칠 것을 염려했기 때문이었다. 그리고 「빼앗긴 들에도 봄은 오는가」에 대한 화답으로 시를 한 편 지었다. 그리고 그 시는 《백조》 2호에 발표하였다.

님아 님아 울지 말아라

봄도 가고 꽃도 지는데

여기에 시든 이 내 몸을

왜 꼬드겨 울리려 하느냐

님은 웃더니만, 그리고 또 울더이다

울기는 울어도 남따라 운다는

그 설움인 줄은, 알지 말아라.

그래도 또, 웃지도 못하는 내 간장이로다.

「봄은 가더리다」,《백조》 2호, 1922. 5.

갑자기 주변이 환해지더니 웅성거리는 소리가 들려왔다.

"봄나들이 가자. 봄나들이 가자. 노세노세. 젊어서 노세."

사방에 흰 꽃과 분홍빛 꽃이 앞다투어서 팡팡 피어났다. 어릴 적에 사용이 살던 주봉산(朱鳳山) 기슭이었다. 사람들은 흰옷을 입고 저마다 하얀 벚꽃, 분홍빛 진달래꽃을 머리에 귀에 꽂고 양팔을 올리면서 춤을 추었다.

어린 사용도 끼어 있었다. 누군가 사용을 번쩍 들어 어깨 위로 올렸다. 어른 키보다도 훨씬 커진 사용은 왈칵 겁이 났다.

그때 흰옷 입은 사람들의 노랫가락이 흘러나왔다.

"산에 가자. 물에 가자. 그리고 또 어디로 가자. 어디론가 가자."

"봄에 놀아난 호드기¹ 소리를 마디마디 꺾지를 마소. 잡

―――――――――
1 풀피리 소리.

아 뜯어라. 시원치 않은 꽃들을. 꽃들만을."

사람들의 소리는 노래였다. 유유히 흐르는 강물이었다.

빼앗긴 우리 국토를 생각하면 통곡하고 싶은 심정이었다.

그때 갑자기 울고 있던 사용의 등을 토닥이던 하얀 손이 목덜미에 감촉되었다. 어디서 물이 떨어지나 하고 선득한 뒷덜미를 사용은 만져보았다. 어리고 보드라운 손의 감촉이 바로 옆에 있는 듯 느껴졌다. 손의 임자를 찾아보았다. 어릴 적 동네 친구 은분이었다. 은분이는 사용의 고향 석우리²에서 함께 살았다. 서당에 나올 때면 집에서 만든 약과와 강정 등을 들고 나와 사용과 함께 햇살이 하얗게 내리쬐는 양지에 앉아서 나누어 먹었다.

흰 아카시꽃이 눈앞을 간질이는 오월이었다.

"이리 와. 사용아. 이리 와."

그날 은분은 백설기와 절편을 가지고 왔다.

양지바른 풀숲에 나란히 앉았다.

"너 아카시꽃에 관한 이야기 알아?"

"몰라."

"어느 마을에 시인을 사랑한 여자가 있었대."

---

2   순우리말로 돌모류라고도 함. 당시에는 돌모루라는 말을 더 많이 사용하였다.

"아 시인. 나도 실은 시인이 되고 싶어."

"그래. 시인이란 말 참 이뻐. 우리 엄마가 우리 말을 지키려면 시를 알아야 한댔어. 사용아. 너가 좋은 시를 쓰면 그 시를 꼭 읽어볼게. 그리고 노래로 부를게."

"노래로?"

"응. 그래야 안 잊어버리니까."

"그래. 너네 어머니도 노래를 잘하시지."

"응."

"아참. 네가 아는 아카시꽃 이야기 계속해."

"그래. 옛날옛날에 어느 마을에 아름다운 시인을 사랑한 여자가 있었다."

"그래서?"

"그런데 시인은 여자에게 관심이 없었다지."

"왜 그랬대?"

"아마 자기 생각에만 빠져 있었나 봐."

"그래서 시인을 사랑한 여자는 어떻게 하면 시인의 마음을 가질 수 있을까 고민에 빠졌대."

"그래서?"

"그래서 어렵게 향수를 구했대."

"향수를? 그 귀하다는 동백꽃 향수?"

사용은 어머니가 쪽진 머리에 가끔 바르시는 동백꽃 기름을 떠올리며 말했다.

"글쎄다. 아마 아카시 향수가 아닐까?"

"그렇겠다. 난 참 바보 같지."

말해놓고 보니 갑자기 사용은 웃음이 터졌다. 바보 같은 자신을 숨기려고. 은분이도 함께 웃었다. 한참 웃다가 보니 문득 배가 아팠다. 흰 아카시꽃이 아련하게 보이기 시작했다. 집에 계신 어머님 생각이 났다. 집에 가야 할 텐데.

"아무튼 그 향수를 몸에 바르면 어떤 사람도 사랑에 빠지게 되는 향수였대."

"아하. 그런데 말야."

"그래서? 사랑이 이루어졌어?"

은분이는 대답을 하지 않고 있었다. 그대신 먼 하늘을 바라보고 있었다.

"아니."

흰 꽃이 팔랑 허공에서 내려오고 있었다.

"왜?"

191

"그 시인은 냄새를 못 맡았대."

침묵이 갑자기 어색해졌다. 석고처럼 멈춰 있던 은분이가 노래 한 소절을 불렀다.

"아리랑. 아리랑. 아라리요. 아리랑 고개를 넘어간다. 나를 버리고 가시는 님은 십 리도 못 가서 발병 난다."

맑은 목소리였다.

"어디서 배웠어?"

"할머니한테서 배웠지."

하얀 아카시꽃을 따다가 앞에 수북히 쌓아놓고 두 사람은 노래를 불렀다. 사용은 아카시꽃으로 반지를 만들어 은분의 하얀 손가락에 끼워주었다.

"얼레리 꼴레리. 얼레리 꼴레리. 신랑 각시래요. 신랑 각시래요."

아이들이 놀리는 소리가 들렸다. 돌맹이 하나가 은분이 앞에 떨어졌다.

"은분이는 첩딸이래요. 쟤네 엄만 기생이래요."

사용이 벌떡 일어섰다.

사용은 언덕 위로 도망치는 아이들을 쫓아갔다. 아이들은 빨랐다. 사용은 커다란 돌부리에 걸려서 넘어졌다.

"아야."

자연스럽게 엎어진 자세가 된 사용은 그 자리에 가만히 엎드려 있었다. 사용의 눈에 눈물이 나왔다. 소리내어 울었다.

"울지 마. 친구네 집에 가자. 친구야."

어느새 다가온 은분이의 흰 손이 엎드린 사용의 눈앞에서 어른거렸다.

사용이 맨 처음 노래를 들은 것은 어머니가 들려주시던 자장가였다. 아니 들었다기보다는 들었던 느낌이라고 하는 편이 맞았다.

"우리 아가 예쁜 아가, 금싸라기같이 귀한 아가, 신통방통 우리 아가."

젊은 어머니는 아름다웠다. 지금도 자신의 몸을 휘감는 듯한 그 음조를 어떻게 말해야 할지.

사용은 그것은 정리해서 「조선은 메나리 나라」라고 정의하고 평론으로 발표했다. 메나리는 우리 가락이었다. 우리 민요였다. 아무리 나라를 빼앗기고 이름마저 빼앗길 수 있어도 우리 민족의 가슴속에 면면이 흐르는 말과 그 말로 이루어진 가락은 뺏을 수 없었다. 사용이 생각하기에 메나리는 글로 된 것이 아니고 말로 된 것이므로 밭을 매다가도 물질을 하다가도 판소리 한 대목을 부르다가도 부엌일을 하다가도 부지불식간에 흘러나오는 것이었다. 우리 민족 면면이 내려오는 걸 아무리 검열이 심해도 뺏을 수는 없었다. 결국 조선은 메나리 나라였고, 메나리는 눈물이었다. 사용이 생각하는 눈물은 슬픔과 나약함이 아니라 우리의 혼이자 정신이었다.

사용은 결국은 공연되지도 못하고 발표하지도 못하고 일본에 빼앗긴 희곡 원고 「벙어리굿」(1928.7)을 떠올렸다. 서울 종로에서 종이 울리면 나라가 독립한다고 해서 서로 말을 삼가면서 종이 울리기를 기다린다는 내용이었다. 말을 할 수 없어도 벙어리 시늉을 하며 속에 가득 차 있는 울음과 눈물을 가슴속에 가둬놓고는 짐짓 벙어리가 된 사람들이 전국 각지에서 종로로 몰려들었다. 우리 민족의 숨결에 면면이 흐르는 메나리 가락을 속으로 품고 독립을 기다린다는 내용이었다. 시대의 명배우 박진은 이 작품을 최고의 걸작이라고 말하며 일본 경찰에 빼앗긴 걸 매우 아쉬워했다. 토월회가 지지부진하게 되고 1927년에 이어진 극단 산유화회에서 야심차게 올린

「향토심」에서는 메나리 가락을 벙어리처럼 속으로 담고 있지 않고 극으로 과감하게 드러내었다. 1막에서는 고향을 찾아온 세 청년이 등장했다. 그동안 각지로 흩어져서 살아온 세월을 세 청년은 봉당에 앉아 재미있게 이야기를 나눈다. 그리고 그 앞으로 신나게 흐르는 메나리 가락과 박이춤 난장이 벌어졌다. 2막에서는 두 사람의 청춘 남녀가 등장하였다. 어릴 적 소꿉 친구 은분과 사용 자신이었다. 3막에서는 "가자! 가자! 고향으로. 고향이 그리워 이렇게 늙었다."라고 외치는 이미 젊지 않은 아버지가 등장한다.

"어서 가자! 어서 가기나 하자! 그리운 고토의 길을 발목이 시리도록 밟아나 보자."

이 구절을 박진은 매우 좋아해서 아현리 373번지에 있는 산유화회 사무실에 오면 발성 연습으로 자주 사용하였다. 그러면 사용은 자주 '빼앗긴 들'을 생각하였다.

"울기는 울어도 남따라 운다는 그 설움인 줄은 알지 말아라. 그래도 또 웃지도 못하는 내 간장이로다." 하면서 상화의 「빼앗긴 들에도 봄은 오는가?」에 대한 자신의 답시 「봄은 가더이다」의 한 구절을 연극배우처럼 박진과 함께 소리를 죽여가면서 마음속 울분을 터뜨려보기도 여러 번이었다. 그리고는 언제쯤 숨죽인 눈물을 맘껏 터뜨릴 수 있을까 생각하였다. '산유화'가 지상에 없는 꽃이지만 분명히 존재하는 꽃이듯 조선인의 눈물도 슬픈 육자배기 가락처럼 언젠가 활화산처럼 터져 나올 것을 사용은 믿었다.

 어린 시절의 사용은 현량개³에서 자주 뒷집 노마와 놀았다. 노마네 집 뒤에는 작은 동산이 있었다. 둘이는 때로 사촌 동생 갑기와 함께 셋이서 자주 뒷산에 놀러 다녔다. 가서는 왕대싸리를 한 짐 베어 왔다. 그들이 베어 온 싸리대를 고기 잡는 통발로 만들 동안 흰 삼베옷을 입고 계신 어머니께서는 대청마루에서 인자한 눈길로 이들을 바라보셨다.
"내 옛이야기 해주련?"
"네에."
 아이들이 일제히 합창을 하면 어머니께서는 구성진 옛이야기를 들려주셨다. 인당수 앞바다에 치마를 얼굴에

---

3 홍사용의 고향 마을에 조그맣게 흐르던 실개천 이름.

둘러쓰고 빠지는 장면에서 자주 아이들을 눈물을 쏟아냈다.

"청이가 너무 불쌍해요."

"끝까지 다 들어보렴."

어머니의 옛이야기가 끝나갈 때 쯤이면 커다란 통발이 완성되었다.

"자아 이제 나가자 붕어 잡으러."

현량개로 가서 햇빛에 펄펄 뛰는 붕어를 잡아왔다.

"불쌍하다 그치."

"그래. 불쌍해."

"노마야. 가질래?"

"아니"

"갑기야. 가질래?"

"아니."

결국은 현량개에 다 놓아주고 아이들은 털레털레 사용의 집으로 돌아왔다.

그리운 노마네가 북간도로 떠났다는 소식을 누이를 통해 들었다. 나라 잃은 백성들은 고향을 버리고 북간도로 많이들 떠났다. 그곳에 가면 좀 살 수 있으려나. 하는 일말의 희망을 안고서였다. 하지만 들리는 소식은 별로 좋지 않았다. 그곳에서도 살기가 어려워 다시 조선 땅으로 돌아오기도 한다는 소문이었다.

"왜 이리 된 걸까? 비옥한 땅을 소유한 우리 백의 민족이."

그날은 정월이고 열나흘 날 밤이었다. 맨재텀이로 그림자를 보러 갔을 때였다.

"너의 명이 길까? 짧을까 보자."

사용의 갓을 툭툭 치면서 아이들이 심술궂게 놀렸다.

"너는 모가지 없는 그림자야."

"잘난 체 해봐야 모가지 없는 그림자야."

평소 병약한 사용이었다. 사용의 집에서는 사용을 동네 글방에 내보내지 않았다. 사용은 글방에 안 나가는 대신에 독선생을 집으로 모시고 글을 배웠다. 워낙에 영특한 사용은 빠른 시간에 사서삼경을 독파하였다. 글방에서 훈장님은 자주 사용을 칭찬하였다. 아마도 이런 요인이 사용을 미워하는 계기가 되었는지도 몰랐다.

아이들이 모두 떠나고 사용은 풀숲에서 혼자 울고 있었다.

"나는 왕이야. 나는 왕이야. 하지만 눈물의 왕이야."

어느새 사용의 눈앞에 흰 소복을 입은 어머니가 서 계셨다.

"집에 가자. 어서."

이유도 알지 못한 채 사용은 어머니를 따라갔다. 아카시꽃 향기가 들판에 가득했다.

"세수를 하고 오거라."

세수를 하고 오니 안방에는 흰 모시 수건과 하얀 한복이 가지런히 놓여 있었다.

"갈아입거라."

사용은 어머님이 주신 흰옷으로 갈아입었다.

"거울을 보거라."

안방 경대에 붙은 긴 거울에 자신의 모습을 보았다.

"우리 민족의 혼을 잊지 말아야 한다. 그러려면 울지 말거라. 오늘부터 아무쪼록. 우리에게는 우리 가락과 우리의 빛깔이 있단다. 그리고 우리의 말이 있지. 세상이 어떻게 변하더라도 우리를 억압하더라도 이 세 가지를 잊지 않으면 된단다."

그리고 자기 방으로 들어가는 사용의 머리 뒤에서 지나가는 말처럼 하신 어머님의 말씀이 귀에 꽂혔다.

"그리고 은분이 그 아이는 안 된다."

　그때부터 사용은 어머님 몰래 혼자서 속울음을 삼키는 버릇이 생겼다.

　누우런 떡갈나무 우거진 산길로 허물어진 봉화 둑 앞으로 쫓긴 이의 노래를 부르며 어슬렁거릴 때에, 바위 밑에 돌부처는 모른 체하며 감중련하고 앉았더이다.

　아아, 뒷동산 장군 바위에서 날마다 자고 가는 뜬구름은 얼마나 많이 왕의 눈물을 싣고 갔는지요.

　나는 왕이로소이다. 어머니의 외아들 나는 이렇게 왕이로소이다.

　그러나 그러나 눈물의 왕! 이 세상 어느 곳에든지 설움 있는 땅은 모두 왕의 나라로소이다.

- 「나는 왕이로소이다」, 《백조》 3호, 1923. 9.

　눈물은 결코 나약한 눈물만이 아니었다. 설움을 기억하고 슬픔을 기억하는 자만이 그 정신을 함부로 약탈할 수 없었다. 상화의 시가 언제 발표될지는 알 수 없어도 그전에 일제의 검열을 피할 수 있는 이러한 시를 제작한 자부심이 사용에게는 있었다.

사용은 눈물을 참고 다시 여관방의 흰 벽을 바라보았다. 거기에는 봄 신령이 지핀 듯 푸른 웃음이 배어 나오는 꿈결 같은 고향 돌모루 들길에 하얀 옷을 곱게 지어 입으신 어머님이 서 계셨다.

어머니. 아아 어머니.

생각해보니 어머님을 못 뵈온 지 일 년이 훌쩍 넘었다.

갑자기 사용이 앉아 있는 여관의 맞은편 벽이 뒤로 물러나면서 환하게 밝아왔다. 눈앞으로 쏟아지는 한 무리의 빛이 눈을 부시게 했다. 고향 돌모루였다. 누군가 횃불을 들고 있었다. 못 뵌 동안 조금 더 늙으신 어머님이 횃불을 높게 들고 계셨다. 횃불을 든 사람들이 여럿이었다. 온 동리가 환하게 빛나고 있었다. 어머님의 켜 드신 횃불도 밝게 빛나고 있었다.

연자 맷돌이 붕하고 게을리 돌아가고 온종일 고달픈 꺼먹 암소는

귀찮은 걸음을 느리게 옮겨놓는 내 고향 돌모루. 첫사랑에 빠진 젊은 머슴은 짐짓 잠에 빠져들어 가끔씩 미소가 입가에 감돌고 머슴의 심정을 헤아리는 마음 좋으신 어머님께서 눈부시게 흰 너털웃음을 지으시는 곳. 아마도 멀리서 부르는 아들의 시를 아들의 노래를 이미 다 들으시고 흐뭇해하시는 그곳. 어머님이 한 번도 떠나시지 않으신 곳. 아들 걱정을 하면서 매일 흰 백자 사발에 물을 떠놓으시고 아들내미 하나 잘 되기를 지성으로 비시는 곳. 하늘에는 별이 반짝거리고 앞동산에는 어여쁜 달이 둥실 떠오르는 곳. 마을의 큰북은 둥둥 큰 소리로 울리고 이웃집 시악시가 거울을 한 번 더 보고 옷매무시를 다듬는 곳. 아기 송아지는 엄매- 하고 싸리문으로 나가고, 아기는 젖도 안 먹고 곤히 잠드는 곳. 나는 나는 고요한 이 집을 혼자서 혼자서만 지키지요. 지킨답니다. 나는 나만 아는 군소리를 노래로 삼아서, 힘껏 마음껏 크게만 부른답니다. 연맷간의 어머니께서 기꺼이 들으시라고…….

자신의 시 「별, 달, 또 나, 나는 노래만 합니다」를 변주해서 노래로 부르는 사용의 얼굴이 희게 빛났다.

Part 8.

박승극 편

1909-?

소설가, 비평가.

1928년 배재고등보통학교를 수료했으며, 고향인 수원에서 조선프
롤레타리아 수원지부를 결성하고 계급문학운동에 참가하였다. 카프
(KAPF: 조선프롤레타리아예술동맹) 제1차 검거사건 직후 「푸로문화
운동에 대한 감상」(『비판』 9, 1932.1)을 발표하면서 평단에서 활약하
였으며, 농민과 노동자의 삶을 소재로 하는 소설도 많이 발표하였다.
광복 후 조선문학가동맹 중앙상무위원을 역임하였으며, 1948년 정부
수립 직전 월북한 것으로 알려져 있다.

  박승극의 소설은 주로 식민지 자본주의라는 현실적 상황으로 인해
신음하던 노동자와 농민의 삶을 제재로 하고 있다. 지주나 공장주에
조직적으로 맞서는 노동자 농민의 투쟁을 전면에 내세우지 않았다
는 점에서 당시 카프의 창작 경향과는 구분되는 점이 있기는 하나, 자
신만의 고유한 소설 세계를 만들어내는 데까지는 나아가지 못했다는
평가를 받고 있다.

큰 빗줄기가 땅으로 스민다

임서원

1

장대비였다. 비는 산꼭대기에서부터 꼿꼿하게 서서 마
을로 돌진해왔다. 바람 없이 내리는 장대비가 퍽퍽 땅을
치며 흙냄새까지 몰고왔다. 쓰러진 빗줄기를 빗줄기가
밟고 전쟁놀이처럼 몰려왔다.

오두막집 처마 밑에서 비를 피하는 승극은 자줏빛 옷을
입은 여공들이 뛰어가는 모습을 보고 있었다. 긴치마가
다리에 휙휙 감겼다. 옆집 영숙이의 낯익은 모습이 눈에
들어왔다. 친구들과 까르르 웃으며 긴치마를 들어 올리
고 뛰어가는 모습에 승극은 자신도 모르게 미소를 지었

다. 갑자기 쏟아지는 비에 사람들은 속수무책 구석으로 내몰렸다. 처마 밑 깊게 파인 물웅덩이에 내리꽂히는 빗방울이 동그라미를 사정없이 그려댔다.

"웬 놈의 비가 이렇게 억세게 오나."

강우형이 처마 밑으로 뛰어 들어왔다. 얼굴에 흐르는 빗물을 손바닥으로 훑어 낸다.

"형님이 이 시간에 어인 일이십니까? 그러잖아도 안부가 궁금하던 차였습니다."

승극은 인사를 정중히 하고 비를 피해 더 안쪽으로 들어갔다.

"모든 게 참으로 어수선하네. 나라가 어디로 내몰릴지, 이 소나기처럼 청년들이 한바탕 몰려가 일을 벌여야 되지 않겠나?"

강우형은 두루마기를 단정하게 정리하며 말을 이어갔다.

"그나저나 다음 달 잊지 않았겠지? 자네가 남상환, 이원섭과 조직적으로 움직여주게. 특히 일본 지주들 동향 살피며 행동하게나. 승극이 자네는 행동 조심해야 하네. 지난번 수원청년동맹을 이끌고 독립운동을 한 것이 일본 놈들 귀에 들어간 것 같네."

"네, 걱정 마십시오."

"그리고 자네는 이 와중에 글이 써지던가? 지금 글을 쓴다는 건 어찌 보면 사치라는 생각이 드네."

"형님, 무슨 말씀을 그렇게 하십니까? 이 험난한 시국을 글이 아니면 무엇으로 기억하겠습니까?"

승극은 약간은 따지는 어조로 말했다.

"그 말이 맞네만 자네 하는 일이 너무 많아 걱정하는 것일세. 그리고 참. 박영희가 카프¹를 탈퇴했다 들었네. 연락 한번 해보게. 그럼 나는 이만 가네."

강우형은 가늘어진 빗줄기를 틈타 빠른 걸음으로 모퉁이를 돌아 승극의 시야에서 사라졌다.

'그럴 리가.'

승극은 가슴이 철렁 내려앉았다. 평소 박영희를 무척이나 존경했던 터라 카프 탈퇴는 큰 충격이었다.

한바탕 쏟아지던 소나기가 거짓말처럼 멈췄다. 팔달산은 비에 젖은 호랑이처럼 엎드려 있었다. 금방이라도 물기를 털고 일어설 기세였다. 남문 뒤편 주막집에 놓인 항

---

1 1925년 8월에 박영희, 김기진, 이기영 등 주로 신경향파 작가가 중심이 되어 조직한 문학 단체. 프롤레타리아 문학인의 전위적 단체로, 정치성이 짙은 문학 운동을 조직적으로 전개하다가 일제의 탄압으로 1935년에 해산되었다.

아리에는 빗물이 제법 고여 있었다. 주인은 평상의 물기를 닦고 있었다. 주막에 손님은 영숙 아버지 혼자였다. 영숙 아버지는 지게에 나무를 잔뜩 해서 작대기로 걸쳐 놓았다. 그는 주막집 주인장이 준 수건으로 젖은 머리를 닦고 있었다. 한숨을 연거푸 내쉬었다. 헝겊으로 기운 검정 고무신에 빗물이 들어갔는지 대들보에 세워져 있다. 굴뚝에서는 불길한 주문처럼 꾸물꾸물 연기가 피어오르고 있다.

"제가 좀 늦었죠? 소나기를 피하고 오느라고요."

"어서 오게."

키가 작고 왜소한 영숙 아버지는 나이보다 십 년은 더 늙어 보였다. 코 옆으로 깊게 파인 팔자주름에 짙은 그림자가 고여 있었다. 그가 입을 열었다.

"이번에도 소작료와 세금을 주고 나니 우리 네 식구 끼니를 이어갈 수가 없네. 지주가 소작료를 더 올려 달라고 하니……. 영숙 어미 아파서 저렇게 골골대는데 내가 어떻게 해볼 재간이 없네."

영숙 아버지는 굴뚝 연기만큼이나 긴 한숨을 내쉬며 막걸리를 들이켰다. 어느덧 팔달산 그림자가 스멀거리며 평상 밑까지 내려와 있었다.

"소작료 문제가 끊이지 않네요. 일단, 내일 저희 집에 영숙이를 보내십시오. 쌀 한 바가지 보내겠습니다."

"고맙네. 지난번에 준 곡식도 못 갚았는데 내 조만간 어떻게 해서든 갚겠네."

미안한 마음에 영숙 아버지의 축 처진 어깨가 더 가라앉았다.

승극의 집안은 삼십 마지기 정도의 농사를 짓는 중소 지주였다. 그러나 어렵고 힘든 소작인들의 삶을 외면하지 않고 들여다봐 주었다.

"참, 이번에 사창리에 보신강습소를 열었어요. 무상 교육이니 영숙이를 저희 강습소에 보내십시오. 여자들도 글을 배워야 합니다. 배움이야말로 가난을 이길 수 있는 무기입니다."

"암만. 내 자네 말이라면 무조건 들음세. 농번기 끝나고 보내도록 하겠네.

영숙 아버지가 승극의 손을 잡았다. 그의 손은 소나무 껍질처럼 거칠었다. 승극은 소작인들이 지주나 자본가들에게서 이중으로 수탈당하면서 삶이 짓눌려 있음을 가슴 아파했다.

"땀 흘려 죽도록 일해도 우리 같은 사람은 밭뙈기 한 쪽 가질 수 없으니. 나 원 참……."

영숙 아버지는 목에 걸쳐진 수건으로 입가에 흘린 막걸리를 닦으며 말했다.

"지주와 소작인들과의 관계가 이런 구조라면 백 년이 지나도 마찬가지입니다."

승극도 막걸리를 한 사발 길게 들이키고 먼 산을 바라보았다. 산 그림자가 두 사람을 감싸고 있었다. 승극은 결코 맹아적 형태로 흩어져 진행되는 운동만으로는 변화를 꿈꿀 수 없으리라 생각했다.

돌아오는 길에 승극은 박영희의 카프 탈퇴에 대한 생각이 떠나지 않았다.

그는 그 길로 이원섭의 집으로 가서 박영희의 탈퇴 이유를 물었다

"자네도 알다시피 김기진과 갈등이 많은 건 사실이네. 박영희 소설 『철야』, 『지옥순례』를 놓고 소설은 하나의 건축인데 기둥도 서까래도 없이 붉은 지붕만 입혀 놓은 건축이 어디 있는가. 라며 혹평을 했다더군."

원섭은 신흥학당에서 가르칠 자료를 정리하며 말했다.

"그 둘은 하루라도 만나지 않는 날이 없을 만큼 가까운 친구사이가 아닌가."

"그랬지 문학에 극진하니 대립도 생기는 게 아닌가. 김기진은 계급 의식만으로 점철된 관념적인 문학작품에 회의를 느꼈던 모양이야."

"나도 그 얘긴 들었네. 처음엔 노동과 문학이 함께 할 수 있느냐 로 시비가 시작된 모양이야. 나도 이 부분에 대해 심도 있게 생각해 보기도 했고,"

"박영희가 카프를 탈퇴하면서 '얻은 것은 이데올로기요, 잃은 것은 예술 그 자체다'라는 말을 남겼다더군. 아마도 오랫동안 회자 될 의미심장한 말이 아닌가 싶네.

둘의 대화가 멈췄고 잠시 침묵이 흘렀다.

승극은 집에 돌아와서 박영희에게 편지를 쓰기 시작했다.

"정말 지금의 정세는 일변했습니다. 인민은 불안 중에서 헤매고 사회 운동가, 학자, 사상가 역시 불안과 고민에서 끊임없이 동요되고 있습니다.

문화, 문학에 종사하는 사람들의 불안도 획기적 현상이

라 아니 할 수 없습니다.

  평론과 창작 기타의 활동이 극도로 불리하게 되었으며 그들의 세계관, 인생관 또는 당면 문제를 규정하는 관점에 있어서 모두가 다 동요되었습니다.

  여기서 형은 어떻게 생각했습니까? 탄식만 한데 지나지 않았습니까?

  (……)

  그러거늘 프로예술동맹 창립자의 일 인인 형이 어떻게 하자는 아무런 방침도 없이 자기 혼자 탈퇴를 하면 어떻게 하자는 말입니까?

  혹은 형이 말한 바와 같이 예술동맹은 '자연히 소멸될 것이다'라고 믿어서 그렇게 한 것일까요?"[2]

2

  정문리 동네 어귀에는 수령 600년이 넘은 팽나무가 있었다. 나무 속이 뚫려 동네 꼬마들과 사계절이 들락거려도 나무는 끄떡없이 마을을 지키고 있었다. 매미가 몸이

---

2 박승극, 「카프 탈퇴를 듣고 박영희에게 공개적으로 쓴 편지」(1933년) 중에서

흔들릴 정도로 울어댔다. 이장과 호삼은 팽나무 아래서 잠시 더위를 피하고, 동네 꼬마 둘은 냇가에서 가재를 잡고 있었다. 검정 고무신 안에서 제법 많은 가재가 꾸물거렸다.

그때 철커덕 철커덕 소리를 내며 일본 순사 두 명이 다가왔다. 걸을 때마다 허리에 찬 하이도라는 칼이 소리를 내고 있었다. 그 소리가 크게 나서 사람들은 멀리 그들이 오는 소리를 미리 듣고 긴장을 했다. 가재 잡던 꼬마들이 잽싸게 팽나무 구멍 속으로 몸을 숨겼다.

"오이 고라!"(야, 인마!)

그들은 조선 사람을 으레 그렇게 불렀다. 지난달에는 동네 청년 재복이가 그 호칭에 항의하다가 사상이 불량하다고 경찰서에 잡혀가 곤욕을 치렀다. '왜놈 순사 온다.' 그러면 울던 아기가 울음을 그칠 정도로 그들의 등장은 늘 위협적이었다. 키가 큰 순사가 평상에 앉아 있던 호삼이를 불렀다, 가까이서 보니 옆 동네 김두영이었다. 얼마 전 헌병이 부족해서 쌀값을 받고 헌병 보조원 모집을 했는데 가난한 젊은 농민들이 대거 지원했다고 했다. 육군 일병에 준하는 대우를 해준다는 모집책의 말이 배

고픈 이들의 구미를 당겼던 모양이었다.

"박승극 집이 어디냐?"

고개를 빳빳하게 든 김두영이 물었다.

"이 우라질 놈의 새끼야! 일본 놈 똥구녕이나 따라다니니까 배는 안 고파서 좋냐? 쳐 죽일 놈의 새끼!"

이장이 미간을 잔뜩 찌푸리며 말했다. 올해만 해도 박승극을 찾는 일이 수십 번은 되었다. 무슨 일만 나면 승극은 구금 대상 일 순위였다.

"제가 지난번에 간 기억이 있으니 저를 따라오십쇼."

김두영은 허리를 굽실대며 일본 순사를 데리고 박승극 집 쪽으로 갔다.

"저런 끄나풀들이 있으니 승극이가 애먹는구먼, 친일파 졸병 같으니라구. 쯧쯧."

이장이 담배를 한 모금 빨며 말했다.

"얘들아 이제 나와도 된다. 그놈들 갔다."

호삼이가 큰 소리로 애들을 부르자 꼬마들이 팽나무 구멍에서 두리번거리며 나왔다.

동네는 한산했다. 소작으로는 희망이 없어 젊은이들은 서울로 올라가 공장을 다니는 이들이 많았다. 그렇지만 대부분 얼마 못 가 다시 돌아왔다. 그 시기 서울은 맹랑했다. 기술 없는 촌사람들을 내치기 바빴다.

동네 개들이 순사들을 보고 짖었다.

"저리 가. 콱 그냥"

김두영은 발로 개를 걷어차는 시늉을 했다.

그 시각, 마루에 앉아 글을 쓰던 승극은 돌담을 휘감고 있는 담쟁이 넝쿨을 바라보고 있었다. 산은 온통 초록이고 돌담도 초록이었다. 승극은 초록에 질식할 것 같다는 생각을 했다.

'저 담쟁이가 돌을 이어 한 땀 한 땀 글을 쓰고 있구나. 돌 한 개도 놓치지 않고 보듬어 안은 담쟁이처럼 가난한 농민들을 보듬어 안은 나라가 오기는 하려나.'

승극은 붓을 들고 글을 쓰기 시작했다.

'대지는 광활하다고 하나, 발 한 자욱 마음대로 떼어 놀 곳 없다. 우주는 활한하다고 하나, 숨 한 번 내쉬기 어렵다. 창생은 억조라고 하나, 속 털어놓고 말 한 마디 할 사람 드물다. 아, 아, 아~ 고독이여! 믿었던 것은 나중에 보면 딴판이 되고. 마음 붙일 만한 일은, 거의 절망이고. 그 위에 사회보다도, 정치보다도, 인생이라는 것이 머리를 아프게 하고. 문학이라는 것도 뜻대로 안 되고. 아, 아, 아 고독이여! 굳은 신념까지도 얇아간다. 희망의 불길도 꺼지려 한다. 오래지 않아 식은 재가 될는지도 모른다.'[3]

   승극 옆에서 어머니는 벌레 먹은 콩을 골라내는 중이었다. 콩 한 줌을 쟁반에 올려놓고 쟁반을 살살 흔들며 기울인다. 그러면 또르르르 둥근 콩들은 아래로 굴러가고 벌레 먹거나 상처 나서 울퉁불퉁한 콩은 구르지 못하고 멈춘다. 둥근 콩들은 벌레 먹은 콩들을 피해 잘도 굴러간다. 승극은 기울어진 쟁반을 바라보며 기울어진 나라를 생각했다. 앞으로 나아가지 못한 아픈 농민들을 보는 것 같아 묵직한 무엇인가가 가슴을 짓눌렀다.

   "승극이 오라버니."

   대문을 열고 영숙이 바가지를 들고 들어왔다. 올해 열여덟인 영숙은 검고 윤기 나는 머리를 양 갈래로 땋아 늘어뜨리고 있었다. 영숙의 흰 저고리에는 옷고름이 곱게

---

3 박승극, 「고독」, 『박승극 문학전집2』, 학민사, 2011, 11-12쪽.

묶여 있었다.

"영숙이구나. 어서 오너라."

콩을 고르던 승극의 어머니가 영숙을 반겼다.

"저희 아버지가 쌀을 받아 오라고 하셔서요."

승극은 바가지를 받아 쌀 한 바가지를 건넸다.

"아버지에게 들었지? 너도 보신강습소에서 글을 배우기로 했어. 글은 지식으로 쓰는 게 아니야. 경험과 지혜로 쓰는 거라서 너라면 충분히 좋은 글을 쓸 수 있을 거야."

승극의 오뚝한 콧날에 그림자가 길게 드리워졌다. 늘 두루마기를 입고 말수가 적은 과묵한 승극을 마음에 둔 탓인지 영숙은 고개를 끄덕이는 것도 쑥스러웠다.

"일본 가셨다 들었는데 왜 돌아왔어요?"

영숙은 수줍은 목소리로 물었다.

"대학에 가서 배워보니 별거 아니더구나. 그보다 우리 앞에는 해야 할 일이 잔뜩 쌓여 있단다."

마루에 걸터앉은 영숙은 치마를 가지런히 추스르고 곁눈으로 힐끗 승극을 훔쳐보았다.

그때 대문이 열리고 순사들이 들어왔다. 대문을 얼마나

세게 박찼는지 담쟁이 잎들이 흔들렸다.

"마침 집에 있었구먼. 박승극, 요즘도 청년들에게 일본에 저항하는 글을 가르치나?"

승극 어머니는 하던 일을 놓고 남의 집을 함부로 들어오지 말라고 한마디 했다. 영숙은 놀란 가슴을 누르며 승극 어머니 옆에 붙어 있었다. 김두영은 승극이 써놓은 글을 읽다가 마당으로 집어던졌다.

"배가 불렀구먼. 이런 나부랭이 쓸 시간에 밭에 나가서 풀이나 뽑는 게 어때?"

그리고는 영숙을 위아래로 훑어보았다.

"저 아낙은 뉘 집 딸년이요?"

영숙은 승극 어머니 등 뒤로 숨었다. 승극이 그들의 어깨를 밀쳤다.

"네가 수원청년횐가 뭔가 하는 단체의 위원장이지? 너의 동태를 살피라는 당국의 지시가 떨어졌다."

두영과 함께 온 일본 순사가 말했다.

"당신들은 농사꾼 몸뚱아리나 관리하는 하찮은 사람들이었군. 당장 나가시오!"

승극이 단호하게 말했다.

그러자 둘은 귓속말로 무언가 주고받더니 대문을 나갔다. 승극은 이 나라가 저 돌담을 지탱하게 해주는 담쟁이만도 못하다고 생각했다.

그날 저녁 영숙은 저녁 먹은 그릇을 씻었다. 부뚜막 한쪽에는 소나무 잎으로 막아놓은 병에서 식초가 익어가고 있었다. 밤도 익어갔다. 설거지를 마친 영숙은 아궁이 앞에 쪼그리고 앉았다.

"너는 서울 갈 생각 마라. 서울이라는 곳은 가슴이 없는 사람들이 모인 곳이야. 거기 사람들에게서는 사람 냄새가 나지 않아. 가난하지만 사람 냄새나는 이곳이 나는 좋다."

낮에 승극이 했던 말이 생각났다. 그 말이 같이 살자는 말처럼 들려 영숙은 얼굴이 화끈거렸다. 그의 건실함과 침착함, 결백하고 준엄한 기상에 영숙의 마음이 두근거렸다. 영숙은 머리를 흔들었다. 자신과 달리 승극은 최고의 엘리트들이 모인다는 배재고보를 다닌 사람이었다. 자신과 승극이 어울리지 않는다고 생각하니 가슴이 아파왔다. 그래도 고백은 한번 해보리라. 방으로 들자 그을린 호롱불이 흔들렸다. 영숙의 마음도 흔들렸다.

"써그락 써그락."

영숙 어머니가 빨랫줄에 걸쳐진 빨래처럼 항아리 안을 향해 몸을 반으로 접었다. 항아리 바닥에서 바가지 긁는 소리가 올라왔다. 소쩍새가 유난히 섧게 우는 소리를 들으며 영숙은 겨우 잠이 들었다.

3

8월이 되었다. 오늘은 신흥학당에서 오산, 수원, 평택 소작인들이 모이기로 한 날이었다. 지주들이 소작료를 과다하게 징수하고 횡령할 뿐만 아니라 소작인을 폭행하고 강탈하는 일이 속출하고 있었다. 의장 강우형을 중심으로 박승극은 청년들과 소작인을 소집했다. 몇 달 전부터 소작인들을 찾아가 소극적인 사람들을 설득했다. 지주들 눈 밖에 나면 부쳐 먹을 땅이 없어지고 그러면 지금보다 더 궁핍하게 될 거라고 믿는 사람들도 있었다. 현재 생활에 안주하고 있다기보다는 지주들의 힘에 저항할 일말의 힘이 없었던 거였다.

삼삼오오 사람들이 몰려들었다. 영숙도 사람들 틈에서 강연을 듣고 있었다.

　"보시오들, 일본 지주는 고리대금으로 농작물을 사들이고 결국은 우리가 그들의 노예가 되었습니다. 여러분은 올해부터는 소작료를 내지 마십시오. 책임은 우리가 집니다. 대신, 전부 동참하셔야 합니다."

　승극이 연설을 시작하자 장내가 조용해졌다.

　"이번에 왜놈들이 벌이는 토지조사사업은 결국 국유지를 약탈하고 소작료를 인상하는 결과만 초래했습니다. 이에 자살한 사람들이 한둘이 아니오. 이태 전에도 양감면에서 소작인 한 명이 농약을 마시고 죽었어요. 여러분 농사만 짓지 말고 시국을 읽을 줄 알아야 합니다."

　승극은 일본 놈들이 쓸 만한 물건이나 심지어 칡덩굴까지 거두어 갔다고 한탄했다. 토지조사사업 이후 한국인 8할을 소작인으로 전락시키며 제국주의의 야욕을 드러내고 있다고 설명했다.

　밤이 깊었다. 소작인들은 대거 집으로 돌아갔다. 박승극, 김기진, 송영 등 문인 몇 명만 남았다. 그들은 문단에 있는 지식인들이 조선인의 눈치를 봐가며 일제에 협력

하고 있다고 비판했다.

"박세영, 신석정 같은 분들은 일본의 검열이 싫어서 아예 글을 쓰지 않는다고 하더군. 하지만 이런 시국에 지식인이 침묵한다는 것이 말이 되오? 시대의 탁류에 맞서 농민이 처한 비참한 현실을 글로 증언하는 게 우리가 해야 할 일 아니겠소?"

평소 침착하고 조용한 성격인 박승극은 그날따라 격앙된 어조로 말을 이어갔다.

"지금 서울 중심의 문단에 대하여 한마디 하겠소. 오늘날 신인이나 소위 중견 대가란 사람들은 언론에 오르고자, 또는 올라서 '허세의 문단'을 형성하고 있다고 하오. 딱하기 그지없는 일입니다. 뼈 없는 소설을 쓰고 있는 그들을 볼 때 증오를 느낍니다. 서울의 문학 분위기나 일반 문학층의 동향은 참으로 놀랄 만큼 한심합니다."

밖에는 개구리들이 시끄럽게 울어댔다. 영숙은 사람들이 빠져나간 뒤 가장 늦게 밖으로 나왔다. 혹시 승극과 눈이라도 마주치고 싶은 생각에서였다. 무심코 바라본 하늘에는 새하얀 망초꽃을 흩어 놓은 듯 수많은 별들이 반짝이고 있었다.

영숙이 신흥학당 담을 막 돌아설 때였다. 일본 순사 두 명이 오고 있었다. 김두영과 이쯔무리 순사였다. 영숙은 본능적으로 그들을 막아섰다.

"어디선가 본 처자 같은데 이 밤중에 어딜 가는 거냐?"

이쯔무리 순사가 물었다.

"심부름 다녀오는 길인데 날이 벌써 어둡네요. 무서워서 그러는데요 저 앞 큰길까지 바래다줄 수 있을까요?"

영숙은 두려운 마음을 간신히 누르며 차분한 목소리로 말했다.

일본 순사의 각 잡힌 모자 밑으로 찢어진 눈매가 날카로웠다. 그들은 잠시 머뭇대더니 길을 안내했다.

아무도 살지 않은 초가집이 늙은 짐승처럼 엎드려 있었다. 반딧불이가 양쪽 산 중턱에 가득했다. 마치 밤하늘의 별이 내려앉은 듯 반짝거렸다.

일본 순사가 자꾸 뒤를 돌아보았다. 그때마다 영숙은 걸음을 멈추었다. 기다란 풀 안쪽으로 다닥다닥 반딧불이들이 깜박였다.

길까지 뻗어 나온 풀이 자꾸 영숙의 발목을 붙들었다.

영숙은 손을 가슴에 얹었다. 심장 뛰는 소리가 반딧불이들의 깜박임보다 빨라졌다.

갑자기 일본 순사가 걸음을 멈추었다. 영숙은 불길한 마음에 주위를 둘러보았다. 어느새 김두영은 어둠 속으로 사라지고 없었다.

그때였다. 일본 순사가 영숙을 향해 다가 왔다. 뒷걸음치던 영숙이 길섶으로 넘어졌다. 반딧불이들이 불꽃처럼 허공으로 흩어졌다.

풀숲에서 영숙의 외마디 비명이 들렸다.

다음 날 새벽이었다. 영숙은 옷고름이 떨어져 나간 저고리와 피 묻은 치마를 아궁이에 집어넣었다. 옷이 타면서 부지깽이 끝에 눌어붙었다. 영숙의 몸에는 시퍼런 멍이 들어 있었다. 찢어진 입가에는 아직 피가 엉겨 있었다. 옷 타는 냄새가 부엌에 가득했다. 영숙은 두 무릎을 껴안았다. 연신 나오는 눈물에 무릎이 젖었다. 영숙은 그렇게 한참을 흐느꼈다. 승극이 머리를 쓰다듬어주던 손길이 그대로 남았는데…… 이 푸르스름한 새벽이 아직 수십 번은 더 남았을 텐데……. 영숙은 가슴이 무너지는 것 같았다.

부엌 바닥에 망연자실 앉아 있던 영숙은 초점 잃은 눈빛으로 서서히 일어났다. 그리고 승극의 집에서 얻어온 쌀로 죽을 쑤어 김치 몇 조각과 쟁반에 담아 안방에 들여놓았다. 아직 동이 트지 않은 새벽이었다. 멀리서 컹컹 개 짖는 소리가 들렸다. 부엌문이 삐걱 가슴 찢어지는 소리를 대신 내어주었다. 영숙은 조용히 일어나 안방을 향해 큰절하고 부엌을 나갔다.

그날 아침, 정문리 회관 앞에는 사람들이 모여 웅성거리고 있었다. 사람들이 동쪽 산을 가리키며 발을 동동 굴렀다. 새벽에 비가 내렸는지 땅이 젖어 있었다. 바람도 불었다. 사람들이 가리키는 큰 나무에 흰색 천 같은 것이 묵직하게 흔들리고 있었다.

얼마 후 이장이 멍석에 감긴 영숙의 시신을 지게에 지고 산에서 내려왔다. 영숙 어머니의 통곡 소리가 마을 입구까지 들렸다. 승극은 그 모습을 회관 입구에서 바라보고 있었다.

또다시 비가 내렸다. 빗물에 흙이 쓸려가듯 괴로움 속에서도 시간은 잘도 쓸려갔다. 그러나 그날 승극이 바라본 장면만은 결코 흘러가지 않았다. 그것은 한순간에 정지된 채 승극의 가슴속에 고여 있었다. 영숙을 생각할 때마다 승극은 깊은 물속 같은 적막함이거나 또는 귀청이 터지게 시끄러운 비운의 소음을 듣는 듯했다.

4

그 후 승극은 현장에서 신음하는 노동자와 농민의 삶을 기록했다. 사실이라는 것은 순간이라 놓치기 쉽다는 것을 깨달았기 때문이었다. 글로 남기는 길밖에는 달리 방법이 없었다. 소외된 자들의 억울한 삶은 승극의 수필과 소설로 되살아났다. 그런 중에도 승극은 수십 차례 구금되고 석방되면서 수원과 평택을 중심으로 농민운동과 청년운동을 전개했다. 농민이 처한 비참한 현실을 함께 겪으며 승극은 끊임없이 글을 썼다. 아무도 기억하지 않는 자들의 목소리를 기록하기 위해, 스스로 이 괴물 같은 시대의 증인으로 남기 위해.

작가의 말

우리는 2020년 한 해를 코로나19와 함께 보내야 했습니다. 코로나는 여전히 진행 중이고 언제 이 사태가 종식될지 섣불리 짐작할 수도 없는 상황입니다. 정말 몸과 마음이 돌돌 말리고 있는 듯한 느낌입니다. 이 움츠러드는 몸과 마음은 남녀노소를 가리지 않고 있습니다. 어른들은 어른대로 학생들은 학생대로 저마다 이 시기를 어렵게 건너가고 있습니다. 그런데 사실 어른보다는 청소년들이 더 힘든 것 같습니다. 어른들은 이런저런 방법으로 우울이나 불안, 분노까지도 해결하고 있습니다만 청소년들에게는 이것들을 해결해 줄 마땅한 방법이 없는 것 같습니다. 이에 화성작가회의 소속 여덟 명의 시인들이 청소년들을 위해 노작홍사용문학관의 주관으로 이 책을 내놓게 되었습니다.

화성은 유산이 풍부한 도시입니다. 이미 전곡항이나 공룡알 화석지 등은 전국적으로 혹은 세계적으로도 유명한 곳들입니다. 그런데 사실 화성은 인문학적으로도 그 유산이 대단한 지역입니다. 예를 들자면, 화성의 당성이라는 곳을 거론하지 않고는 신라의 삼국 통일을 언급할 수 없으며, 역시 화성을 건너뛴다면 위대한 정조 대왕의 업적도 그 한 축이 무너지게 될 것입니다. 일제의 강점에서 벗어나기 위한 조선의 독립운동에 대해 진술할 때에도 화성의 독립운동을 도외시한다면 크게 잘못하는 일이 될 것입니다.

화성의 유산들 중 어떤 부분은 참으로 아름답고, 어떤 부분은 우러러볼 만큼 위대하며, 또 어떤 부분은 치가 떨릴 만큼 참혹하기도 합니다. 그 유산들 모두 우리 청소년들에게는 넓고 깊게 음미해볼 만한 내용들입니다. 그 의미와 가치는 비단 화성에 거주하는 청소년들에게만이 아니라 대한민국 나아가 전 세계적 차원에서도 충분한 의의가 있을 것입니다.

이 책은 여덟 편의 단편소설을 묶은 '소설책'입니다. 소설이라면 먼저 허구로 그린 세계를 생각하게 됩니다만, 이 책은 역사적 사실을 기반으로 한 소설입니다. 각 단편에 등장하는 주인공들은 화성에 실제 존재했던 문인 중심의 인물들입니다. 이들 중 몇몇은 마치 땅속에 깊이 파묻혀 있는 보석 같았습니다. 이들도 이제 이 책을 통해 세상에 나와 밤하늘의 별자리처럼 빛을 발할 수 있게 되었습니다. 저자들은 각 소설 주인공들의 활동과 업적을 바탕으로 그들의 생전의 모습을 상상하여 생생하게 구현하려고 노력하였습니다. 청소년들에게 이 주인공들은 때로는 친구처럼, 때로는 아빠처럼, 때로는 삶의 멘토처럼 다가오기도 할 것입니다. 시인들이 쓴 소설을 읽는 재미도 색다를 것입니다.

저자들은 이 소설들을 쓰기 전에 여러 차례 만나 소설의 방향 설정에 관해 논의하였습니다. 그 내용은 이런 것들이었습니다. 'IT 산업과 AI 산업이 일으키고 있는 4차 산업혁명의 시대에 가장 혼란스러울 수 있는 세대는 청소년들이다. 그들은 Z세대로서 X, Y 세대와 공존하고 있다. 청소년들은 특히 정신적인 측면에서 현격히 이질적인 세대들과 함께 살고 있으며, 이전 세대들과는 달리 기계=인공지능이 인간보다 우월하다고 느끼고 있을지도 모른다. 그렇다면 이 책은 특히 청소년들의 자기 정체성 확립에 도움이 될 수 있어야 하지 않겠는가. 그 결과를 통해 그들이 앞으로의 삶을 당당하게 계획할 수 있어야 하지 않겠는가.'

물론 이 책 한 권을 읽고 청소년들이 자기 정체성을 확립하고 앞으로의 삶을 결정하리라고는 생각하지 않습니다. 그래서도 안 될 일입니다만, 저자들은 청소년들이 이 책을 읽고 '내가 앞으로 해야 할 일이란 무엇일까'를 생각하는데 하나의 길잡이가 되도록 하자는 데 의견을 모았습니다. 우리 청소년들은 다음과 같은 고민들을 하고 있을지도 모르겠습니다.

'내가 잘 할 수 있는 일은 따로 있는데, 난 왜 지금 엉뚱한 일을 하고 있지? 코로나가 나의 생활을 온통 뒤죽박죽이 되게 했어. 나

라조차 위기에 처한다면 나는 어떻게 해야 하나.'

'공부를 잘 해서 좋은 성적을 내고 싶은데, 아무리 열심히 노력해도 시험만 보면 형편이 없어. 공부가 다가 아니라고 하면서도 어른들은 온통 시험 결과에만 집착하지. 나만이 지닌 능력은 무엇일까. 공부를 잘 하지 않고도 그 능력을 인정받을 수는 있을까.'

'어른들은 늘 충과 효를 강조해. 그렇지만 그 충효라는 것이 명확히 잡히지가 않아. 급격하게 변화하는 이런 시대에 충효가 쓸모 있기나 한 것일까. 정치인들은 맨날 싸움질만 하고 있어. 좋은 정치가의 기준이란 무엇일까.'

'내 삶의 방식은 내가 스스로 정할 거야. 난 내 방식이 옳다고 생각해. 그렇지만 어른들의 평가는 야박하지. 오히려 그들은 나를 질타하고 본래의 방식으로 돌아가라고 윽박지르지. 옛날 방식은 싫은데, 왜 다들 내가 틀렸다고 하는 것일까.'

'요즘 난민이라는 단어가 많이 등장해. 망해가는 나라를 탈출하여 타국으로 향하는 사람들이지. 내가 만약 그렇게 몰락해가는 나라에 살고 있다면 난 어떻게 했을까. 나라를 구하기 위해 목숨을 바쳤을까, 나라를 배신했을까.'

'내가 잘 할 수 있는 일이 무엇인지 고민하다가 겨우 찾아냈는데, 부모님이 반대를 하시니 어떻게 해야 할지 모르겠어. 그 일만이 나와 다른 사람들을 위해서도 의미가 있을 것 같은데, 내 말은 들

으려고도 안 하서. 포기해?'

  '왜 나는 맑은 가을 햇살과 떨어지는 낙엽에도 마음이 떨리는 것일까. 흐르는 물결만 봐도 눈물이 나. 아, 나를 떠난 사람들, 곁에 없는 엄마가 너무 그리워. 난 어찌해야 하나.'

  '일제강점기 때, 어떤 이는 나라를 배신했고, 어떤 이는 국권을 회복하기 위해 목숨을 바치기도 했지. 내가 만약 그 시대에 태어났다면 어떻게 행동했을까.'

  이 책에 수록된 여덟 편의 소설들은 위에 열거한 여덟 개의 고민들을 담고 있습니다. 이 책에 등장하는 주인공들은 우리의 할아버지이며, 그 할아버지의 할아버지들입니다. 우리는 분명히 육체적으로든 정신적으로든 이분들의 유전자를 지니고 있습니다. 이분들이 안 계셨다면 우리는 지금 이 자리에 없을지도 모릅니다. 이분들의 삶을 되짚어본다는 것은 우리 자신들의 먼 과거를 되살려보는 것과 다르지 않을 것입니다. 청소년들은 이 책을 읽으면서 '나라면 이때 어떻게 했을까'를 떠올리게 될 것입니다.

  이 책은 화성의 인물들을 주인공으로 하여 청소년들이 현재 고민하고 있을 법한 내용들을 제시하고자 했고, 그 주인공들이 직면한 문제를 어떻게 해결했는지 보여줌으로써, 청소년들의 문제 해결에 도움이 될 수 있도록 구성하였습니다. 이 책을 읽은 청소년

들이 각 단편소설에 등장하는 여덟 가지의 고민들 중에서 한 가지
에서만이라도 해결책을 얻는다면 더 큰 즐거움이 없겠습니다.

— 2020년 가을
저자들 중에서 대표로 김명철이 썼습니다.

작가 소개

김명은

    1963년 이월 초이틀 전라남도 해남군에서 태어났다. 내 태몽은 비단실을 뽑던 삼신할머니가 누에고치를 던져주었다는 꿈이다. 누에고치를 받았으니 명은 길겠다고 한다. 즐겁고 건강하게 사는 것을 궁리 중이다. 2008년《시와시학》으로 등단했다. 불혹의 나이에 시라는 뗏목을 타고 소용돌이치는 강물을 잘 건넜다. 시를 쓸 기회도 없었고 시인은 꿈에도 생각하지 않았지만 시는 언제나 내 안에서 나를 뚫고 나올 기회를 엿보고 있었다. 힘들고 고단한 시간이 시의 좋은 텃밭이다. 2014년 시집『사이프러스의 긴 팔』을 출간했다. 표제시는 가난했던 화가 고흐와 시엔의 사랑을 그려봤다. 아프고 아름답다. 지금도 그런 사랑이 어두운 길에서 반짝이는 별이라고 믿는다.

김명철

　중학교 2학년 수학 시간에 셰익스피어 작품을 몰래 읽다가 선생님께 의외의 칭찬을 받았다. 독일어로 된 철학책을 읽겠다는 생각에 서울대 독문과에 진학했지만 졸업할 때까지, 거의 아무 생각 없이 살았다. 2003년 어느 날, 여성 잡지에 난 시를 읽고 큰 충격을 받아 장안대 문창과에 입학했다. 창작에 영 가망이 없어 보였지만 오기가 발동해서 졸업 후 고려대 국문과 대학원에 진학했다. 2006년 《실천문학》으로 등단했고 2010년에 문학박사 학위를 받았다. 이후 10년 정도 대학 강사를 하다가 그만두었다. 시집『짧게, 카운터펀치』,『바람의 기원』, 문학이론서『현대시의 감상과 창작』을 펴냈다. 조만간 백석 시인을 주인공으로 한 청소년소설도 출간할 예정이다. 지금은 글도 쓰고 주전부리용 과수들도 키우며 살고 있다. 화성작가회의 회장으로 일하면서 화성 문학 부흥을 위해 노력하고 있다.

박미경

　서울 용두동에서 태어났다. 약대를 가는 게 어떠냐는 부모님의 권유에 따라 글을 쓰는 약사를 목표로 공부했으나 성적 미달로 중도 포기했다. 교지에 작품을 실어보는 게 소원이었으나 수줍음이 많아서 뜻을 이루지 못했다. 대학과 대학원에서 국문학을 공부했고, 2005년에《시평》에 시를 발표하면서 작품 활동을 시작했다. 시집『슬픔이 있는 모서리』,『밤이 거꾸로 돌아오는 흰 길』등을 펴내며 독자들과 폭넓은 교감을 해오고 있다. 공동 동화집으로『구비구비 목포의 옛이야기』가 있고, 소설「그녀가 사는 그림」,「꿈꾸는 지하철」을 발표했다. MBC 구성작가로 활동하였고 오랫동안 고등학교와 대학교에서 글쓰기를 지도했다. 지금은 시를 쓰면서 방송 평론을 하고 있다. 생각해보면 100퍼센트는 아니라도 어느 정도 되고 싶은 모습에 접근해 있는 것 같다.

이
현
호

고등학교를 졸업할 때까지 글짓기와 관련해 받은 상이라고는 교내 백일장 장려상이 전부였다. 그래도 스스로 글을 아주 잘 쓴다고 믿으며, 대학과 대학원에서 글쓰기를 전공했다. 글쓰기를 공부하면서 내가 얼마나 글을 못 쓰는지 깨달았다. 내 실력에 절망할 무렵 작가로 데뷔하게 되었다. 지은 책으로 시집 『라이터 좀 빌립시다』, 『아름다웠던 사람의 이름은 혼자』가 있다. 가진 건 없지만, 가지고 싶은 것도 없어서 지금까지 먹고살기 힘들다는 작가로서 산다. '부캐'는 프리랜서 출판편집자이다. 글쓰기도 책 만들기도 다 집에서 하기 때문에 거의 바깥출입을 하지 않는다. 일하는 시간을 빼고는 대부분 고양이 두 마리와 함께 누워 지낸다. 이러다가는 나도 고양이가 되어버릴 것만 같다.

인은주

국화도를 사이에 두고 화성과 마주한 당진 바닷가 마을에서 태어났다. 아홉 살 여름방학 때 짝꿍이었던 친구에게 어린 날의 꿈에 대해 편지를 보냈는데 친구는 무슨 말인지 모르겠다며 내 편지를 받고 웃겨서 배꼽 잡고 웃었다는 답장을 보내왔다. 마음을 다 표현하는 게 웃음거리가 될 수 있다는 걸 알았고 그때 처음 타자를 경험했다. 나는 늘 다른 사람과 달랐는데 작가가 되고 나서야 비로소 비슷한 사람들을 만나게 되었다. 너무 오래 걸렸지만 내 인생에서 제일 잘한 일은 작가가 된 일이다. 지은 책으로 시집 『미안한 연애』가 있다. 석문중학교 시절 꿈꾸던 온갖 것을 바닷가 모래사장에 적어 놓았는데 모두 다 지워졌다. 사라진 그것들을 찾으러 바다를 건너 화성에 와 살고 있다.

임서원

　중학교 시절 "일기 쓰기 싫거든 시를 써도 좋다."는 담임선생님 말씀에 시를 쓰기 시작했다. 개학 후 선생님은 "시를 쓰라고 했지 어디서 옮겨 적으라고는 하지 않았잖아."라며 나무라셨다. "제가 썼는데요." 그러나 선생님은 믿지 않는 눈치였다. 혼나면서도 은근 기분이 좋았다. 그 일을 계기로 글쓰기를 더 즐겼다. 평소 낙서가 취미였던 나에게는 혼자만 아는 문장을 써 놓고 즐기는 버릇이 있었다. 성인이 되어서도 내 오른손은 나와 상관없이 뭔가를 끄적였고 그 문장은 현실에서 비껴나 있었다. 어쩌면 글쓰기는 현실을 버티기 위한 수단이었는지도 모른다. 그 후 수년 동안 시를 공부했고 2015년에 《서정시학》으로 등단했다. 요즘도 연필을 잡은 내 오른손은 나를 끌고 어디론가 가곤 한다. 나는 두 개의 세상을 동시에 건너고 있다.

전
비
담

"너는 문학가가 되어라." 라고 하시며 초등학교 4학년 때 문예반 선생님이 방과 후에 따로 일기장을 검사하겠다고 하셨다. 선생님의 그 곱고 그윽한 눈빛이 나를 편애하지 않았다면 게으른 내가 그토록 꼬박꼬박 일기를 쓰진 않았을 것이다. 그때부터 줄곧 장래희망 란에 무턱대고 '문학가'라고 썼다. 중·고등학교 땐 집 서가에 꽂힌 국내외 문학전집에 푹 빠져 지냈다. 급기야 문학을 하려면 우선 언어와 개념을 날카롭게 벼려야겠다고 판단하여 부모님의 반대를 무릅쓰고 철학과에 진학했다. 이후 우여곡절 끝에 문학가가 되었다. 20여 년 동안 초·중·고등학생 글쓰기와 수능 언어 과목을 가르쳤고 지금은 시만 열심히 쓰고 있다. 그사이 한 도시의 인문학 프로젝트에 참여하여 책을 저술하기도 했다. 어떤 시인이 되어야 하는가, 수없이 묻던 이십 대 시절의 질문을 그 나이대의 자녀를 둔 지금까지 하고 있다.

휘
민

가수가 되고 싶었다. 수줍음을 많이 타서 남들 앞에 서면 얼굴이 빨개졌지만 노래 부를 때는 괜찮았다. '성대가 좋다'는 말을 초등학교 1학년 때 처음 들었다. 중·고등학교 때는 문예반도 아니면서 문예반 친구들과 어울려 다녔다. 뒤늦게 퀸의 「보헤미안 랩소디」에 빠져들었고, 휘트니 휴스턴과 머라이어 캐리를 사랑했다. 그 시절 우리 집에는 좀처럼 책장이 넘어가지 않는 두꺼운 책이 한 권 있었다. 아버지였다. 스물여섯 살에 늦깎이 대학생이 되고 나서 진짜 꿈을 찾았다. 그래서 시 쓰고 동화 쓰는 사람이 되었다. 시집 『생일 꽃바구니』, 『온전히 나일 수도 당신일 수도』가 있고, 동화집 『할머니는 축구 선수』, 그림책 『빨간 모자의 숲』, 『라 벨라 치따』를 펴냈다. 지금은 대학에서 시와 동화를 가르치며 늦가을에 나올 동시그림책을 준비하고 있다.

참고 문헌

우성전 편

「선조실록」(『조선왕조실록』)

우성전, 『계갑일록(癸甲日錄)』

류성룡, 『서애선생문집(西厓先生文集)』

우하영 편

우하영, 『역주 천일록』, 화성시, 2015.

정조 편

이덕일, 『정조와 철인정치의 시대』, 고즈윈, 2008.

이상각, 『이산 정조대왕』, 추수밭, 2007.

KBS 다큐멘터리 영상 〈한국사傳〉

이옥 편

이옥, 『완역 이옥전집』 1, 2권 휴머니스트, 2009.

채운, 『글쓰기와 반시대성, 이옥을 읽는다』, 북드라망, 2013.

김주남 편

전동례, 『두렁바위에 흐르는 눈물(민중자서전 1)』, 뿌리깊은나무,

1991.

이계형 외, 『화성독립운동연구』, 화성시청 문화유산과, 2019.

책임담당 백영미 외, 『화성시 3·1운동사』, 화성시 문화유산과 독립
기념사업팀, 2019.

총괄 백영미 외, 『화성독립운동가』, 화성시청문화유산과, 2020.

이규영 편

이규영, 『온갖것』, 1912~1913.

이규영, 『읽어리 가르침』, 1918~1919.

『중앙교우회보』 제7호, 중앙교우회, 1933. 11.

정신문화연구원 편, 『한국인물대사전』, 정신문화연구원, 1999.

홍사용 편

김학동, 『홍사용 평전』, 새문사, 2016.

홍사용 저, 김은철 편, 『나는 왕이로소이다』, 범우사, 2005.

홍사용 외, 『문학으로 걷는 화성』, 백조, 2019.

노작홍사용문학관 기획, 『시와 희곡』 vol. 2, 에이치비프레스,
2018.

박승극 편

박승극, 『박승극 문학전집 1-소설』, 학민사, 2001.

박승극, 『박승극 문학전집 2-수필』, 학민사, 2011.

하늘과 땅을 움직인 사람들

초판 1쇄 발행 2020년 10월 19일

지은이 화성작가회의
펴낸이 이계섭

기획 노작홍사용문학관
책임편집 이라희
일러스트 김은정

펴낸곳 백조
주소 경기도 화성시 노작로2길6 202호
출판등록 2020년 8월 14일
전화 031-8015-0705
팩스 031-8015-0704
E-mail Baekjo1120@naver.com

값 12,000 **ISBN** 979-11-972148-1-3